Sólo para su placer

Abby Green

Bianca™

HARLEQUIN™

Editado por HARLEQUIN IBÉRICA, S.A.
Núñez de Balboa, 56
28001 Madrid

SÓLO PARA SU PLACER, N.º 1859 - 6.8.08
Título original: Bought for the Frenchman's Pleasure
Publicada originalmente por Mills & Boon®, Ltd., Londres.

I.S.B.N.: 978-84-671-6335-3
Depósito legal: B-28032-2008
Editor responsable: Luis Pugni
Preimpresión y fotomecánica: M.T. Color & Diseño, S.L.
C/. Colquide, 6 portal 2 - 3º H. 28230 Las Rozas (Madrid)
Impresión y encuadernación: LITOGRAFÍA ROSÉS, S.A.
C/. Energía, 11. 08850 Gavá (Barcelona)
Fecha impresion para Argentina: 2.2.09
Distribuidor exclusivo para España: LOGISTA
Distribuidor para México: CODIPLYRSA
Distribuidores para Argentina: interior, BERTRAN, S.A.C. Vélez Sársfield, 1950. Cap. Fed./ Buenos Aires y Gran Buenos Aires, VACCARO SÁNCHEZ y Cía, S.A.
Distribuidor para Chile: DISTRIBUIDORA ALFA, S.A.

Capítulo 1

CON LA mano en el picaporte de la puerta que daba al salón, escuchando al otro lado el incesante murmullo de la gente y la música de la orquesta, Romain de Valois se detuvo un instante con la extraña sensación de que le faltaba algo. Él, que nunca había necesitado nada de los demás, que siempre había tenido todo lo que había deseado, se encontraba de pronto con la inesperada sensación de echar algo de menos. Una mujer. Una mujer con la que entrar de la mano en aquella sala, una mujer cómplice que lo comprendiera sin necesidad de decir nada.

Cuanto más lo pensaba, más sorprendente le resultaba aquella súbita carencia. No sólo porque nunca hubiera conocido a alguien que pudiera asemejarse, o porque nunca hubiera necesitado fantasear con ello, sino porque, en su interior, sabía que no encontraría jamás, en su mundo, a una mujer así. Tal vez en su pueblo natal, en la Francia rural, aquel lugar del que se había ido hacía ya tanto tiempo, todavía fuera posible. Pero no allí. Allí era imposible.

Romain de Valois abrió la puerta y entró sin darle importancia. En el acto, las conversaciones de las personas tan elegantes y distinguidas que se habían congregado allí cesaron por un momento para mirarlo. Se adentró en el salón con un gesto de cansancio, casi de aburrimiento, con la autoridad que le confería saber que todo lo que aquellas personas poseían era de su propiedad, desde los trajes y vestidos tan cuidadosamente conjuntados, pasando por los cosméticos y los perfumes que aderezaban la piel suave de todas las mujeres que le rodeaban, hasta las joyas que adornaban sus cuellos, muñecas y orejas.

La multitud iba apartándose para dejarlo pasar, pero, al contrario de lo habitual, Romain de Valois no sintió ningún placer en ello. Antes al contrario, lo invadió la apatía y la insatisfacción. Ser el millonario más joven y atractivo de Nueva York siempre había sido para él un motivo de orgullo y superioridad. Pero, en ese momento, sólo sentía cinismo, el cinismo de darse cuenta de que, con un solo chasquido de sus dedos, podría tener en el acto a la mujer más atractiva del salón.

Cuando al fin reparó en su tía, se alegró de que ya hubiera llegado y se dirigió hacia ella. Era la única persona que podía conseguir aquella noche aliviar su malestar. Allí estaba esperándolo, ansiosa de que Romain conociera a la modelo en la que había pensando para la campaña de publicidad que él estaba a punto de lanzar. Romain sabía que el pasado de aquella modelo, cuyo nombre era Sorcha Murphy, la hacía inviable para el puesto. Pero, a pesar de todo, allí estaba, en aras de satisfacer los deseos de su tía y para demostrar que no dirigía sus negocios con despotismo y prejuicios.

–No –dijo Sorcha paciente–. Se pronuncia Sorka.

–Tu nombre es tan exótico como tú, preciosa. ¿De dónde procede?

Sorcha estaba empezando a desesperarse con aquel estúpido millonario de Texas que no hacía más que mirarle el escote, desnudarla con aquella mirada lasciva, sin escuchar nada de lo que decía.

–Significa luminoso en gaélico... –dijo Sorcha disimulando su rechazo–. Ha sido un placer hablar con usted, pero, si no le importa...

–¡Sorcha!

–¡Kate! –exclamó aliviada al ver a su amiga acercarse.

–Muchas gracias por salvarme –dijo Sorcha una vez se hubieron alejado–. Ya no sabía qué hacer para librarme de él.

–Lo conozco. Me arrinconó hace un rato y lo pasé fatal.

–Me alegro tanto de que estés aquí... –dijo Sorcha sonriendo a Katie, la mejor amiga que tenía–. Estas galas son una tortura. ¿No podemos escaparnos?

–Imposible, cariño –respondió Kate con una sonrisa–. Maud nos está vigilando como un halcón. Me ha dicho que como se nos ocurra irnos pronto nos vamos a enterar.

Sorcha miró asqueada a Maud Harriday, la gran señora de la moda en Nueva York y propietaria de la agencia Models para la que ambas trabajaban y que se comportaba prácticamente como si fuera su madre.

Kate tomó dos copas de champán de la bandeja de un camarero y le dio una a Sorcha. Por lo general, no se les solía permitir beber, pero aquella noche, en aquel lujoso hotel donde se habían reunido para celebrar la semana de la moda de Nueva York rodeadas de políticos, millonarios y periodistas, Maud les había ordenado que hicieran lo posible por aparentar que se estaban divirtiendo.

–Gracias –dijo Sorcha tomando un trago de champán–. ¿No te sientes en estas fiestas como si fueras una yegua amaestrada?

–No lo sé, Sorcha –dijo Kate imitando ampulosamente la voz de Maud–. Esta época del año es la mejor para promocionar caras nuevas. Vosotras, con veinticinco años, ya sois mayores, ya estáis muy vistas, tenemos que seguir en la brecha. Aquí es donde están los grandes inversores, los publicistas que mantienen nuestro negocio. Así que, salid ahí y demostrar los guapas que sois.

–Te mataría si pudiera oírte.

Sorcha sentía cómo las miradas de muchos de los hombres allí reunidos se posaban sobre ellas, una rubia y una morena, atractivas y hermosas charlando como buenas amigas. Su amistad con Kate se remontaba muchos años atrás, hasta la época en que se habían conocido en un instituto a las afueras de Dublín.

–¿Te has dado cuenta de la cantidad de hombres que hay aquí esta noche, Sorcha?

–Kate, por favor, no volvamos otra vez a lo de siempre.

Sorcha no tenía ganas aquella noche de hablar de aquella vieja discusión, aquel tema espinoso que tan culpable la hacía sentir.

–Como quieras –aceptó Kate sonriente–. Sólo quería recordarte que eres una de las mujeres más hermosas que existen en el mundo, y que me gustaría mucho...

–Gracias, Katie –interrumpió Sorcha tomándola de las manos con cariño–. Pero, vamos a dejarlo estar un rato, ¿vale?

Romain de Valois la localizó enseguida. No sólo por las fotografías que había visto de ella, sino porque, para su sorpresa, aquella chica destacaba entre todas las demás.

La había observado charlar con su compañera, las dos riéndose, apartadas, como si fueran dos niñas traviesas escondiéndose de los demás.

Era imposible no reparar en ella, en aquel pelo oscuro como el carbón cayendo sobre sus hombros y contrastando con los ojos azules más intensos que había visto nunca, en aquella piel blanca y en aquel cuerpo voluptuoso, atípico en una modelo, siempre tan delgadas.

Romain sintió que el aburrimiento daba paso a la contrariedad. La contrariedad de percibir que, aunque aquella chica era exactamente lo que estaba buscando, no podría contratarla a causa de su pasado. Sabía distinguir, en virtud de su larga experiencia, lo excepcional en cuanto lo veía. Y ella era distinta. Sólo hacía falta fijarse en su sonrisa para darse cuenta de que era auténtica, natural, y no la sonrisa falsa y artificial a la que recurrían habitualmente las modelos.

Por segunda vez aquella noche, sintió una sensación extraña que no reconocía. La urgencia de acercarse a ella y conocerla.

–Veo que la has encontrado. Es bonita, ¿eh?

Romain se giró al escuchar la voz suave y sedosa de su tía, la única persona en el mundo que era capaz de leer en sus ojos con tanta agudeza. Romain se acercó a ella y la besó en las mejillas.

–Si todavía me quedara sangre en las venas –dijo su tía–, me habría sonrojado como un tomate.

–¿Qué tal estás, *ma chére tante*? –preguntó Romain, preguntándose si aquella mujer habría sido capaz alguna vez de sonrojarse de verdad por algo, o por alguien.

–Muy bien, gracias –respondió ella sonriendo–. Es un gran honor que hayas venido. Hacía mucho tiempo que no coincidíamos. Aunque, en realidad, supongo que el saber que venías a una gala llena de mujeres hermosas habrá sido un aliciente mayor que el verme a mí.

–Es increíble la capacidad que tienes de hacerme la pelota y denigrarme al mismo tiempo –dijo Romain.

–Bueno, Romain –replicó su tía–. Después de haber visto en las revistas del corazón cómo cortejabas a todas las modelos europeas que existen, comprendo que hayas querido venir para conocer nuestras nuevas promesas.

Sin dejar de observar el salón, sin perder de vista a Sorcha Murphy, Romain pensó en lo sorprendida que se quedaría su tía si supiera el tiempo que hacía que no estaba con nadie.

A pesar de todo, no quiso discutir. Su tía era la única persona del mundo a la que permitía hablarle de esa manera.

–Deberías saber que no hay que creerse todo lo que dicen esas revistas –dijo Romain.

–Siempre me he preguntado cómo haces para ganar tanto dinero si apenas te queda tiempo para el trabajo.

–Maud... –dijo Romain interrumpiéndose, sin querer, para mirar a Sorcha Murphy.

–Bueno, ¿qué opinas? –preguntó su tía advirtiendo la dirección de su mirada.

–No estoy seguro.

–La rubia que está con ella se llama Kate Lancaster, son amigas desde el colegio –le contó Maud–. Es una de las top-models más cotizadas de Estados Unidos.

Romain la miró sin demostrar interés, con aquella expresión neutra con la que impedía que nadie a su alrededor percibiera sus emociones y que se había convertido en una segunda naturaleza para él. Efectivamente, era una mujer hermosa, atractiva y sensual.

Romain se mantuvo impasible, recordándose a sí mismo que no había acudido allí en busca de placer personal. Sin embargo, al posar de nuevo la vista en Sorcha Murphy, volvió a sentir la urgencia de acercarse a ella, una urgencia poderosa y desconocida.

–Bueno, ¿qué opinas? ¿Las fotografías que te pasé le hacen justicia o no?

–Tus chicas siempre son exquisitas, Maud –dijo Romain–. Pero la cuestión es si es adecuada o no para esta campaña. ¿Cómo estar seguros de que se ha reformado de sus antiguas costumbres?

–Romain, ya te he dicho que eso ocurrió hace mucho tiempo. No todos podemos ser como tu...

–Maud... –la interrumpió Romain, esta vez mirándola fijamente con seriedad.

–Te aseguro que nunca ha dado un solo problema

–dijo su tía volviendo a la conversación, sin terminar su insinuación–. Es educada y muy profesional. Los estilistas y los fotógrafos la adoran.

–Esta campaña va a ser muy importante, vamos a poner mucho dinero en ella –dijo Romain–. Sólo han pasado ocho años desde aquello. Yo vivía en Londres por entonces, y todavía puedo recordar los titulares sobre Sorcha Quinn, *enfant terrible*...

–Lo sé, Romain –dijo su tía, perdiendo la paciencia–. Pero si la chica ha sabido superarlo y llegar a donde está, lo menos que puedes hacer es darle una oportunidad. Es una mujer completamente distinta. Ella misma lo siente así, por eso se cambió el apellido por Murphy. Además, ¿crees que me jugaría mi reputación si no estuviera segura de ella?

Romain observó a Sorcha. A pesar de las palabras de su tía, nunca había creído que una persona pudiera cambiar. Y menos alguien como Sorcha, como aquellas modelos que se esforzaban tanto en demostrar su belleza y aparentar dulzura sólo para ocultar sus verdaderas vidas. ¿Cuántas de las chicas de la agencia de modelos de su tía serían capaces de demostrar que su vida privada era tan intachable como parecía?

–Te conozco, Romain –continuó su tía–. Si de verdad te preocupara tanto el pasado de Sorcha, ni siquiera la hubieras tenido en cuenta.

En eso su tía tenía razón. Algo en esa chica le había atraído desde el principio. Y en ese momento, observándola entre todas las demás personas presentes en aquel salón, la atracción que ejercía sobre él aumentaba segundo a segundo. ¿Cómo, una chica que parecía tan inocente, tan pura, se había visto envuelta en un mundo tan sórdido y destructivo como el de las drogas?

En ese momento, como si hubiera sentido el peso de su mirada sobre ella, Sorcha se giró y sus ojos se encontraron. El mundo pareció detenerse de pronto.

Sorcha sintió un nudo en la garganta. No sabía exactamente de quién se trataba, aunque su rostro le sonaba de algo. ¿Cómo no se había fijado en él antes? No podía apartar la mirada de aquellos intensos ojos grises que transmitían una corriente de frialdad y al mismo tiempo de atracción. Estaba como hechizada por ellos, como atrapada, sin haberse dado cuenta, en una telaraña tejida por aquel hombre desconcertante. Todo parecía haberse detenido. Nada parecía tener importancia en aquel momento, ni siquiera su amiga Kate. Sólo él.

Entonces, comprendió lo que ocultaba esa mirada: prejuicio, desdén, rechazo. Conocía esa mirada, la había sentido sobre ella durante mucho tiempo. Sorcha sintió que le temblaban las piernas y su estómago se revolvía. Como si la hubieran golpeado, murmuró unas palabras de disculpa a su amiga y, dejándole la copa de champán, se abrió paso a través de la sala en busca de la salida, sin saber, a ciencia cierta, de qué o de quién huía.

–¿Se puede saber qué demonios te pasa? Estás aquí tan tranquila y, de pronto, te quedas tan pálida como si hubieras visto un fantasma y te vas corriendo.

Sorcha tomó la copa de champán de la mano de su

amiga y bebió un trago. ¿Cómo podía la mirada de un hombre haberla afectado tanto? ¿Qué había ocurrido para que hubiera tenido que refugiarse durante diez minutos en el cuarto de baño y maquillarse para ocultar la palidez y los nervios? ¿Qué podía decirle a su amiga?

Aquella mirada la había hecho viajar en el tiempo a un lugar que no quería recordar. ¿Estaría aquel hombre hablando sobre ella con Maud?

–Nada, Katie, es sólo que tenía que ir al cuarto de...

–¿Diez minutos? –preguntó Kate incrédula–. Te conozco, y sé perfectamente...

Su amiga dejó de hablar de forma repentina, atraída por algo ajeno a ellas.

–No mires ahora –dijo Kate agarrando a Sorcha del brazo–, pero acabo de encontrar al hombre más increíble que hayas visto jamás, está hablando con Maud. Debe ser ese sobrino del que nos habló –Kate miró hacia otro lado sorprendida–. ¡Cielos! ¡Ya sé quién es! Las fotografías no le hacen justicia. Oh, nos está mirando...

–Katie... –dijo Sorcha intentando ocultar su nerviosismo al darse cuenta de que el hombre del que hablaba su amiga debía ser el mismo que la había mirado.

–¡Es Romain de Valois! –exclamó Kate al oído de Sorcha–. El sobrino de Maud es Romain de Valois. Ahora comprendo todo. Las chicas han estado hablando de él toda la tarde. Está preparando una gran campaña de publicidad y todas creen que ha venido aquí buscando a la chica adecuada.

–¿Romain de Valois? –preguntó Sorcha aterrada.

–Sí, mujer, has tenido que oír hablar de él. Dios, míralo. ¿No es el hombre más atractivo que hayas visto?

–Katie –dijo Sorcha aturdida–. ¿Es que no lo recuerdas?

Kate miró a su amiga confundida.

–¿No recuerdas ya aquella noticia? –inquirió Sorcha–. ¿Aquélla que desató la caza de brujas e hizo que todos los periódicos y fotógrafos de Londres empezaran a perseguirme?

Kate volvió su mirada hacia el hombre y lo observó discretamente.

–¡Cielos! ¡Es él! –exclamó Kate–. El mismo que hizo aquella entrevista.

El destino parecía haber regresado para hundirla de nuevo. Sorcha rememoró de pronto lo sucedido ocho años atrás. Aquella entrevista pública en un periódico londinense en la que Romain de Valois denunciaba el consumo de drogas en el mundo de la moda poniéndola a ella como ejemplo. El poder de aquel hombre había desatado una campaña de difamación que, exagerando lo que sólo habían sido unos ligeros escarceos, había conseguido acusarla de las más terribles degeneraciones sin siquiera dejarla contar su versión de la historia. Nadie se había preocupado de saber si era verdad o de cómo podía afectarle aquel acoso y derribo a una adolescente.

Durante años, mientras aquel hombre aumentaba su poder y se convertía, poco a poco, en una de las personas más poderosas del mundo de la moda, Sorcha había tenido su nombre grabado en la cabeza, sin olvidarlo un solo día. Se había negado a leer nada sobre él o a ver fotografías suyas. Sólo se permitía hablar sobre él con Kate, con nadie más. Porque, lo que más deseaba, era olvidarlo, borrarlo de su vida.

Si no hubiera sido por su regreso a Irlanda, donde pudo recuperarse y empezar de nuevo, nunca habría logrado superarlo. Con esfuerzo, fuerza de voluntad y el apellido de soltera de su abuela, había pasado por encima de los comentarios y las murmuraciones hasta conseguir reconstruir su carrera.

¿Qué iba a pasar ahora? Por mucho que, en su momento, Maud la hubiera dicho que aquel pasado no la importaba, que lo que le importaba era el presente, estaba por ver cómo iba a reaccionar la tía de Romain de Valois a los prejuicios y malas intenciones de su sobrino. Las mismas que habían estado a punto de destruirla ocho años atrás. Podía verlas reflejadas en sus ojos.

–Lo siento, cariño, no me había acordado...

–No seas tonta –dijo Sorcha tomando a su amiga del brazo para calmarla–. ¿Cómo íbamos a saber que Romain de Valois eran el sobrino de Maud? Después de todo, Maud se ha casado tantas veces que debe tener cientos de sobrinos desperdigados por ahí –sonrió Sorcha tratando de quitarle importancia al asunto–. Además, seguro que ya no se acuerda de mí.

Kate giró discretamente su cabeza para observarlo de nuevo.

–Ya comprendo –dijo su amiga–. Tú ya te habías dado cuenta de que había venido. Por eso te fuiste corriendo...

–Katie –dijo Sorcha–. Romain de Valois es sólo un playboy millonario y desocupado que se pasa la vida viajando por el mundo en su yate, siempre rodeado de estúpidas modelos que no saben ni sumar dos y dos. Tiene suerte de que nunca nos hayamos cruzado en su camino. Porque, si lo hubiéramos hecho, nada le habría salvado de que le arrojara la copa de champán a la cara, así aprendería ese...

–¿Y qué te detiene?

Sorcha se quedó muda al reconocer la voz.

Romain de Valois estaba a allí, a su lado.

Se había acercado sin que ella, o Kate, se dieran cuenta.

Debía haber escuchado todo lo que acaba de decir.

Sorcha sintió deseos de que la tierra se la tragara.

Capítulo 2

ROMAIN se sintió ofendido por las palabras de Sorcha Murphy. Sin embargo, estaba más afectado por su propia debilidad. ¿Cómo había sido capaz de ceder a la tentación y acercarse a ella? Estando cerca de ella, se dio cuenta de que era más hermosa aún de lo que había creído. Tenía un cabello largo, sumiso, y tan negro que casi parecía tener destellos azules. Sus pómulos estaban tan bien definidos y realzados que debía serle casi imposible no sonreír. Y su boca... Dios. Su labio inferior, carnoso y suave, era como una invitación.

Romain luchó contra la atracción que estaba sintiendo. ¿Por qué había ido hacia ella habiendo visto cómo aquella mujer se había ausentado más de diez minutos para ir al cuarto de baño? Sabía perfectamente la razón por la que ella y mujeres como ella lo hacían. No cabía duda. A pesar de los años y las aseveraciones de su tía, no se había reformado. ¿Por qué, a pesar de saberlo perfectamente, sentía aquella atracción? ¿Por qué, a pesar de querer alejarse de allí y olvidarla, no podía separarse de ella?

–¿Sí...?

Sorcha logró responderle a pesar de la confusión que estaba sintiendo. Todas las ideas preconcebidas acerca de aquel hombre se habían desvanecido de pronto al tenerle cerca.

Era increíblemente atractivo. Ninguna descripción podía hacerle justicia. No había esperado que su pelo fuera tan moreno y brillara tanto bajo los focos, como tampoco había esperado aquellos ojos llenos de sensualidad, o el color tostado y suave de su piel. Y, a pesar de lo alta que era ella, debía inclinar la cabeza hacia arriba para poder mirarlo a los ojos. Su cuerpo parecía haber sido diseñado por un dios. Y Sorcha, por su trabajo, no se sorprendía fácilmente ante el cuerpo de un hombre.

¿Por qué no podía reaccionar ni darse cuenta de nada de lo que pasaba a su alrededor? ¿Dónde se había ido Kate?

Durante unos instantes, que parecieron interminables, ambos se miraron en silencio sin pronunciar una sola palabra.

Finalmente, Sorcha reaccionó tratando de demostrarle que no iba a permitir que ni él ni nadie la presionara de aquella manera.

–¿Sí? –preguntó como si no lo conociera–. ¿Puedo ayudarlo en algo?

Romain escuchó su voz melodiosa y sensual intentando recordar las razones por las que no debía estar allí, repitiéndose a sí mismo que lo que debía hacer era saludarla de forma cortés, intercambiar un par de impresiones sin importancia, y alejarse de allí.

–Romain de Valois –dijo extendiendo su mano–. A pesar de las duras palabras, creo que no nos conocemos.

–Espero que hayan sido tan duras como lo que me hizo usted a mí hace ocho años –respondió Sorcha sin hacer el más mínimo gesto de querer estrecharle la mano.

–¿Todavía se acuerda? –preguntó Romain con frialdad bajando su mano–. No estaba seguro de si la descripción que acaba de hacer de mí se debía a un odio a primera vista o era por alguna otra cosa.

–Por supuesto que me acuerdo –replicó Sorcha con amargura en la voz–. No todos los días la prensa se dedica a destrozarle la vida a una chica de diecisiete años. Y todo gracias a usted. Lo único que le faltó fue subirse a un púlpito y denigrarme públicamente. Bueno, pensándolo bien, eso fue lo que hizo.

–¿Olvida que por entonces usted era una chica de diecisiete años adicta a las drogas? –preguntó Romain–. ¿Se olvida de que fue fotografiada en un estado deplorable en plena calle?

–Si la única razón por la que se ha acercado a mí es para hacer de juez y atacarme como un moralista por cosas que sucedieron hace ocho años, buscando marcas de pinchazos en mis brazos, por favor, le ruego que me disculpe –dijo Sorcha reuniendo todas las fuerzas que tenía para que el sentimiento de culpabilidad por los errores de su pasado no la invadiera.

Sorcha se dio la vuelta e hizo el además de alejarse de allí, pero él la sujetó por el brazo.

–No –murmuró–. No tiene usted ninguna marca en el brazo. Ya veo que es lo suficientemente inteligente como para ocultarlas.

–Señor De Valois –dijo Sorcha soltándose furiosa–. No se lo tome a mal, pero quisiera irme. Estoy trabajando aquí, esta noche, para su tía y no quiero montar una escena. Pero le seguro que, si vuelve a tocarme o intenta impedir que me vaya, voy a empezar a gritar tan fuerte que se va a enterar todo el salón.

–¿Por qué se pone tan dramática, señorita Murphy? –preguntó Romain–. ¿O debería decir señorita Quinn? No se le ocurra hacer algo así. De lo contrario, me obligaría usted a cargarla en mis hombros, sacarla de aquí y castigarla como si fuera una niña.

–Para usted es señorita Murphy –dijo Sorcha sintiendo una extraña excitación al imaginarse la escena que él había descrito–. Además, si lo que pretende es alimentar esas revistas del corazón y periódicos amarillistas que tanto le gustan, adelante, tiene donde elegir.

–Está usted muy cambiada –dijo Romain tratando de cambiar la conversación–. Se ha desarrollado muy bien –añadió observándola con detenimiento.

Sorcha no deseaba que él se interesase por ella, en ningún sentido, pero sentía que aquella extraña excitación aumentaba mientras la mirada de él recorría su cuerpo.

–La última vez que tuvimos el gusto de vernos, yo sólo era una adolescente –dijo Sorcha.

–No conozco a muchas adolescentes que se pasen las noches hasta las seis de la madrugada bebiendo champán, y tomando drogas para mantenerse despiertas –dijo Romain golpeando ligeramente la copa de champán de Sorcha con los nudillos.

–Señor De Valois, es un honor para mí estar en presencia de un hombre tan virtuoso como usted –dijo Sorcha en tono irónico–, de un hombre que una vez me calificó como el veneno que corrompe la industria de la moda. Espero que tenga mucha suerte en su cruzada contra el mal.

De un trago, Sorcha bebió todo el champán que quedaba en su copa. La dejó con elegancia sobre la bandeja de un camarero y, simulando entereza a pesar de la corriente de embriaguez que recorría su cuerpo a causa del alcohol, se dio la vuelta y se alejó con tranquilidad.

Viendo cómo la mayoría de los hombres a su alrededor se volvían para mirarla, Romain, a pesar de que nunca una mujer le había rechazado de aquella manera, volvió a sentir esa extraña atracción hacia ella, la necesidad de tenerla cerca.

La reacción de Sorcha había sido sorprendente. La mayoría de las modelos, cuando se daban cuenta de quién era, se enderezaban y mostraban su mejor sonrisa. Ella, en cambio, se había mostrado como era, había respondido a sus acusaciones con pasión e indignación.

Pero, además, algo que había advertido en ella le había afectado todavía más. Los ojos de la chica se habían humedecido al tomar aquel trago de champán. Nadie que estuviera acostumbrado al alcohol o las drogas hubiera reaccionado de aquella manera. Eso quería decir que Sorcha se había reformado, que había superado por completo sus antiguas adicciones.

Romain repasó toda la conversación y se sintió conmovido al darse cuenta de la claridad con que la chica recordaba todas y cada una de las palabras que él había pronunciado sobre ella ocho años atrás.

–Puede meterse ese trabajo por...

–¡Sorcha! –exclamó Maud con autoridad.

Sorcha guardó silencio y, contrariada, observó, a

través del amplio ventanal del despacho de Maud, las ajetreadas calles de Nueva York, reflexionando con vértigo en la oferta que le había hecho Romain de Valois para ser la imagen de su campaña.

–Lo siento, Maud –se disculpó–. Ya sé que es tu sobrino...

–Bueno, técnicamente, ya no lo es... –dijo Maud–. Pero eso da igual. Lo importante es que ésta es, probablemente, la oferta más importante que se le pueda hacer a una modelo. ¿Tienes idea de cuántas candidatas se han presentado al casting? Son dos semanas alrededor del mundo. Incluso ha accedido a organizarlo todo desde Irlanda para que puedas pasar allí tus vacaciones, como habías planeado.

La sola idea de pasar tanto tiempo junto a él la llenaba de inseguridad. Había pasado más de una semana desde aquella noche en que había vuelto a encontrarse con él y habían tenido aquella tensa discusión, pero, por más que lo intentaba, no era capaz de olvidarse de él, de su cuerpo, de su mirada.

–Maud... –dijo Sorcha dubitativa–. ¿Sabes lo difícil que va a ser eso para mí? Ese hombre no es un hombre cualquiera. Es...

–Soy consciente de todas las cosas que dijo sobre ti en Londres hace ochos años. Pero, también tú tienes que ser consciente de que tenía parte de razón. Además, se vio obligado a hacerlo. Ahora, es un hombre muy poderoso y no tiene la necesidad de hacerlo. Pero, por entonces, tenía que defender la reputación de sus negocios, y comportamientos como el tuyo le ponían en entredicho. No podía permitir que le relacionaran con el mundo de las drogas, y menos después de la muerte de aquella chica...

Sorcha sintió que se le congelaba el corazón al recordar a aquella chica, aquella joven modelo que había muerto de sobredosis de forma tan repentina pocas semanas antes de que los medios de comunicación empezaran a atacarla a ella misma. Su recuerdo siempre la había llenado de culpabilidad y frustración.

–Te diré algo que no sabe nadie –dijo Maud inclinándose hacia ella–. Tal vez esto te ayude a entender todo mejor...

Sorcha miró a Maud atentamente.

–La madre de Romain estaba enganchada a las drogas. Murió de una sobredosis. ¿Comprendes ahora que este asunto es, para él, una cuestión personal?

Sorcha sintió una repentina compasión y empatía hacia él.

–Maud, lo siento mucho por él, sinceramente –dijo Sorcha agradeciendo la confianza que la mujer ponía en ella–. Pero no lo excusa. Cuando la otra noche estuve hablando con él, me trató como si yo fuera una adicta. No está dispuesto a darme el beneficio de la duda. Lo siento, Maud, pero insisto en tomarme los meses de vacaciones que acordamos. Lo llevo planeando desde hace bastante tiempo.

–Estás cometiendo un gran error, Sorcha –dijo Maud mirándola con decepción–. Le haré saber tu decisión, pero te advierto desde ahora que no es un hombre que acepte un no por respuesta tan fácilmente. Puede que intente acceder a ti a través de tu agencia en Irlanda, ya que sabe que vas a estar allí. Y a pesar de que sus consejeros no estén de acuerdo con su decisión...

–¿Lo ves? –preguntó indignada–. Casi se ha

visto obligado a tomar esta decisión. Si digo que no, no insistirá. Díselo y ya verás. Te apuesto lo que quieras.

Sorcha cerró los ojos y se agarró al asiento mientras el avión tomaba tierra. Nunca le habían gustado mucho los aterrizajes.

–¿Estás bien, cariño?

Sorcha se volvió y miró a la sonriente anciana sentada a su lado.

–Sí, gracias –respondió Sorcha–. Por mucho que vuele, siempre paso mucho de miedo en los aterrizajes.

–Bueno, no te preocupes, ya hemos llegado.

Sorcha miró por la ventanilla. Irlanda. Estaba de regreso en su hogar. En su tierra. Había pasado tan poco tiempo en Dublín durante el último año. Echaba de menos su apartamento, sus cosas, los lugares por donde le gustaba pasear.

Se sentía aliviada, lejos de las cosas que la hacían sufrir. Habían pasado sólo tres días desde la conversación con Maud y, desde entonces, había estado esperando la llamada de Romain, atemorizada cada vez que sonaba el teléfono. Aunque había sido ella la que había rechazado aquella oferta, no podía dejar de sentirse orgullosa porque Romain de Valois hubiera pensado en ella para su campaña. El que ella lo hubiera rechazado significaba que alguna de sus compañeras ocuparía su lugar. Y, aunque eran sus compañeras, no dejaba de sentir un irracional sentimiento de envidia.

Al entrar en su apartamento, su teléfono móvil

sonó dentro de la maleta. Sorcha lo sacó y vio que en la pantalla no aparecía ninguna identidad. Debía ser su madre, o su hermano, deseando saber si había llegado bien.

–Hola. Sí, estoy entera. El avión no se ha estrellado. He llegado bien –contestó Sorcha sin preguntar quién era.

–Hola, Sorcha.

Se quedó paralizada al escuchar la voz al otro lado del teléfono. Otra vez aquella voz seductora, cálida, sensual.

–Perdón, ¿quién es?

–¿Vas a decirme que te has olvidado de quién soy?

¿Podía un hombre ser tan arrogante? Por supuesto que sabía quién era. Quería decirle que la olvidara, que estaba en su casa, en su refugio. Pero, al mismo tiempo, se moría de ganas por saber por qué la había llamado.

–Maud me dio tu teléfono y me contó que ibas de vacaciones –respondió Romain como si la hubiera leído el pensamiento–. Supongo que acabas de llegar, pero quería llamarte cuanto antes.

–Sí, acabo de llegar a Dublín –dijo Sorcha–. Creo que me he ganado unas merecidas vacaciones.

–Tengo una proposición para ti.

–No tengo previsto nada de momento –contestó Sorcha intentando que él no advirtiera la ansiedad de su voz–. Llevo trabajando sin descanso mucho tiempo y necesito relajarme. Como ya le dije a Maud, estoy segura de que encontrarás a otra modelo extraordinaria que pueda hacer realidad tu proyecto. Ahora, si me disculpas, estoy cansada. Hasta luego.

–¡Espera! –exclamó él antes de que ella colgara el teléfono–. Estoy seguro de que querrás escuchar lo que tengo que decirte.

–Ya te he dicho...

–Estoy aquí, en Dublín. Llegué ayer. Una ciudad preciosa.

¿Estaba allí? ¿En su ciudad? ¿Cómo se había atrevido?

–Eso es estupendo –replicó ella tratando de ocultar su inquietud–. Seguro que disfrutarás de la estancia. Hay muy buenas agencias de modelos aquí.

–Desde luego –dijo Romain–. De hecho, esta tarde tengo reunión con la tuya. He hablado con Lisa. Una mujer muy amable. Piensa, igual que yo, que eres la persona ideal para mi campaña.

Sorcha cerró los ojos y se dejó caer en el sofá. Aquello era, exactamente, lo que le había advertido Maud que él haría. Era una especie de chantaje emocional perverso. Lisa había sido la persona que más la había ayudado en sus comienzos, la persona que siempre la había apoyado. Había sido gracias a ella que había logrado superarlo todo. Desde entonces, siempre se había sentido en deuda con ella. Nunca había podido negarle nada a aquella magnífica mujer.

–Entonces, Lisa ya sabe que estoy aquí... –dijo Sorcha como hablando en voz alta.

–Por supuesto.

Sorcha se sintió furiosa hacia él, por haber trastocado sus planes, ¿quién se creía que era?

–¿Por qué me haces esto? –preguntó Sorcha casi con desesperación–. No puedes estar pensando en serio en trabajar conmigo sabiendo la opinión que tienes de mí. No podría soportar que me estuvieras vigilando constantemente como un policía, siguiéndome a todas partes.

–Lo único que te pido es que vayas a la agencia mañana. Lisa estará allí. La decisión final será sólo tuya. Nadie te obligará a hacer nada que no quieras.

Capítulo 3

LA MAÑANA siguiente, mientras Sorcha caminaba hacia el hotel de lujo donde Romain de Valois se había alojado, recreaba en su cabeza la escena que habría tenido lugar en las oficinas de su agencia la tarde anterior.

Romain de Valois habría entrado allí, con su aspecto de magnate todopoderoso, impresionando a propios y a extraños con el aura de su fama y de su autoridad, derritiendo a todas las mujeres presentes con su cuerpo escultural. Su oferta económica debía haber vuelto locos a todos.

Para Pretty Woman, la pequeña agencia de modelos que la había visto convertirse en una top-model internacional, debía haber sido como repartir caramelos en la puerta de un colegio. Era comprensible. Siempre había sido una agencia muy modesta, una agencia donde todo el mundo se conocía. Aquel mundo reducido, donde lo que primaba era la amistad, había sido el refugio de Sorcha durante muchos años, durante sus años más duros. Y Lisa, la responsable de la agencia, se había convertido, desde el principio, en su mejor amiga y mayor defensora.

Era tal la deuda moral que Sorcha sentía hacia ella que, cuando al fin su carrera empezó a despegar, insistió en que Lisa siguiera siendo su representante.

Cuando quedó claro que aquella extraordinaria mujer no tenía la capacidad ni los recursos para hacerlo, ella misma la dejó libre, haciendo posible que Sorcha entrara en los grandes circuitos internacionales.

Sin embargo, en los últimos tiempos, las cosas no le habían ido muy bien a la pequeña agencia de Lisa. En una de las últimas ocasiones en las que había visto a Lisa, ésta la había confesado que eran los ingresos que recibían por Sorcha la única razón de que Pretty Woman siguiera en activo.

Era compresible la excitación que debía haber invadido la agencia al conocer la oferta de Romain de Valois. Hasta Lisa le había comentado su idea de ampliar el negocio y abrir nuevas sedes de Pretty Woman en otras ciudades. ¿Qué podía hacer ahora? Negarse a participar en la campaña de aquel hombre sería como destruir las ilusiones de Lisa y de todos los demás.

Sorcha se detuvo frente al elegante hotel donde se alojaba Romain de Valois. Con las ventanas centelleando por los rayos del sol, el edificio se alzaba imponente, dominando el principal parque de la ciudad.

Sorcha caminó hacia la entrada, sintiendo que los nervios intentaban dominarla. No podía negarlo. Aquel hombre, en una sola noche, había conseguido alterarla, desestabilizarla y manipularla para conseguir sus deseos.

¿Por qué, entonces, sentía aquella extraña excitación, aquel deseo imperioso de volver a verlo?

En el vestíbulo del hotel Shelbourne, sentado cómodamente en una silla de estilo neoclásico, Romain de Valois, estratégicamente situado, vigilaba la puerta de entrada. Desde donde estaba, podría ver entrar a Sorcha Murphy sin que ella lo advirtiera.

Lo había hecho como medida de precaución, consciente de que, por primera vez, y en contra de lo que le decía la sensatez, había cedido a las presiones de Maud y a la extraña atracción que sentía por Sorcha Murphy. Nunca, desde que tenía uso de razón, recordaba haber hecho un viaje como aquél sólo por una mujer. Nunca se habían entrecruzado en su vida, como en aquel momento, los negocios con el placer. Aquella sensación de inseguridad, de no tenerlo todo bajo control, era nueva para él. Y lo confundía.

Cuando Sorcha Murphy entró por las puertas giratorias del hotel, Romain la localizó enseguida. Y, contra todo pronóstico, la modelo volvió a sorprenderlo. No parecía haber hecho el menor esfuerzo por impresionarlo, por realzar su belleza o destacar su atractivo. Todo lo contrario. Se había vestido de modo informal, con unos pantalones vaqueros, una camiseta blanca de manga corta y llevaba el pelo sujeto atrás en una coleta. Ni siquiera se había quitado las gafas de pasta oscuras que Romain sabía, por las fotografías, que llevaba en ocasiones para ver de cerca. Todo el conjunto transmitía una naturalidad poco frecuente en una modelo, tan acostumbradas a los trajes elegantes, que luego no sabían cómo vestir en la vida real.

Romain sintió la excitación ascender por su cuerpo y todos sus sentidos entraron en tensión.

Sorcha se acercó a Romain tan nerviosa como si se estuviera presentando a su primer casting. Allí estaba él, más atractivo más alto y más seductor de lo que recordaba. Extendió el brazo para estrecharle la mano y se estremeció al sentir el tacto de su piel, como si le hubiera transmitido una corriente eléctrica.

Romain le señaló una silla a su lado y esperó a que ella se sentara para volver a su asiento.

–Señor De Valois...

–No sabía que llevara usted gafas –dijo Romain.

Sorcha, inconscientemente, se llevó la mano a los ojos y se ajustó las gafas. Estaba tan nerviosa que se había olvidado de quitárselas.

–Siento si le desagradan –respondió Sorcha–. Me temo que es uno de mis muchos defectos. Las necesito para ver de cerca.

–En absoluto –dijo Romain alzando la mano para avisar al camarero–. Le quedan muy bien. No se infravalore usted.

–No me hace falta, ya se encargará usted de hacerlo –replicó Sorcha.

–Me gusta su sentido del humor –dijo Romain sonriendo.

–No he venido para hacerle reír, señor De Valois. Si no para decirle que no me interesa su oferta.

–¿Le parece si pedimos una taza de té antes de comer? –propuso Romain–. Tengo entendido que aquí es una costumbre.

–Parece que no me escucha...

–No –le cortó Romain–. La que no está escuchando es usted. Y, por favor, llámame Romain. Si vamos a trabajar juntos durante dos semanas será mejor que empecemos a tutearnos.

–Señor De Valois –dijo Sorcha enfatizando su nombre–. A menos que tenga planeado atarme a la silla, no puede impedir de ninguna manera que me vaya. Se lo dije a Maud y se lo repito a usted ahora. Estoy de vacaciones en mi tierra, y no...

Sorcha dejó de hablar cuando se acercó el camarero con las tazas de té. ¿Cuándo las había pedido?

–Precisamente por eso –dijo Romain cuando se fue el camarero–, he pensando en empezar la campaña aquí –añadió sirviendo el té–. Por cierto, ¿ya le has dicho a Lisa que no vas a aceptar el trabajo?

¿Cómo tenía aquella capacidad de manipulación, de volver su vida del revés en tan poco tiempo, de saber qué botones pulsar para motivarla o controlarla? ¿Servía de algo insistir en su negativa? ¿Tenía alguna posibilidad de imponer su voluntad a aquel hombre?

–Teniendo en cuenta lo mucho que desprecia usted mi pasado, no entiendo muy bien por qué quiere jugársela ofreciéndome a mí esta campaña –dijo Sorcha tratando de mostrarse lo menos vulnerable posible.

Romain la observaba mientras hablaba, dominando los deseos que sentía de levantarse, tomarla en brazos, subir con ella a una suite, y descubrir si el cuerpo de aquella mujer eran tan hermoso como parecía.

–Nunca corro riesgos –dijo Romain–. Por eso he advertido a mi equipo para que estén preparados por si es necesario hacer esta campaña sin usted.

–¡Perfecto! –exclamó Sorcha aliviada–. Es todo lo que quería oír. Muchas gracias –añadió haciendo el ademán de levantarse.

–¡Siéntate!

Sorcha le obedeció sin darse cuenta, como si su cuerpo hubiera reaccionado contra su voluntad.

–Tú eres la persona que necesito para este trabajo –dijo Romain–. Lo supe desde que te vi en persona aquella noche en Nueva York. Probablemente, eres la única que podría hacer bien esta campaña.

–Señor De Valois...

–Te ruego que no insistas en llamarme de usted –dijo Romain sonriendo.

–Como quieras, Romain –empezó Sorcha, cediendo al pensar que, tal vez de aquella manera, haciendo las cosas como él quería, podría vencerlo–. Estoy completamente segura de que tu equipo podrá encontrar a otra modelo capaz de hacer este trabajo tan bien como yo. Hay miles de ellas esperando una oportunidad.

–No hay tantas como te imaginas –dijo Romain–. Y, sobre todo, no hay ninguna que tenga un pasado como el tuyo.

–¿Y eso qué tiene que ver?

–Es el aspecto central de la campaña –dijo Romain acomodándose en su asiento–. Ésta no va a ser una campaña de publicidad más para promocionar cosméticos o vestidos elegantes. Queremos cambiar nuestro enfoque. La sociedad ha cambiado. La presencia de los medios de comunicación en nuestras vidas es cada vez mayor. La gente cada vez sabe más, y ya no se cree a las chicas virginales y puras que hemos presentado hasta ahora. No se las creen porque saben que, en la realidad, no existen. Ahí es donde entras tú. Tú representas todo lo contrario.

–Vaya, muchas gracias –comentó Sorcha confundida.

–Tú representas a una mujer que se ha hecho a sí misma, una mujer que ha vivido un infierno y que, a pesar de eso, ha sabido enfrentarse a sus demonios y ha salido victoriosa. Representas a la mujer actual, a una mujer con determinación y fuerza de voluntad. Estoy dispuesto a dejarme llevar por la opinión de Maud y darte el beneficio de la duda. Ahora, también te advierto que, a pesar de todo lo que acabo de decir, si alguien vuelve a relacionarte con las drogas, prescindiré de ti en el acto, sin contemplaciones, y no recibirás ni un centavo.

Sorcha tomó un sorbo de su taza de té sin tener muy claro si el resumen que Romain acababa de hacer de su vida la agradaba o la indignaba.

–Me alegra descubrir que hasta los aspectos escabrosos de mi vida pueden explotarse convenientemente para ganar dinero –dijo Sorcha.

Romain podía ver la inseguridad de Sorcha tan bien como los deseos de la mujer de seguir luchando y enfrentándose a él. No quería herirla ni utilizar su pasado contra ella, pero estaba dispuesto a hacer todo lo posible para mantenerla a su lado.

–He reservado una mesa para dos –dijo Romain avisando al camarero–. ¿Qué te parece si seguimos hablando en el restaurante?

Sorcha no se lo tomó como una invitación, sino como una orden. Se levantó y lo acompañó hasta la puerta de un gran salón, donde varias mesas de estilo clásico estaban dispuestas con mucha elegancia, acompañadas de sillas doradas. A Sorcha le dio la impresión de que estaba entrando en una jaula de oro.

Capítulo 4

SORCHA miraba obnubilada las manos de Romain sosteniendo la carta, sin prestar atención a la suya. Estaba tan absorta, que no se dio cuenta de que él la estaba observando.

–¿Desde cuándo necesitas llevar gafas?

Sorcha despertó del trance con la extraña sensación de que las gafas erigían un muro de seguridad entre ella y él, entre la atracción sexual que sentía por él y el rechazo visceral hacia todo lo que él representaba.

–Desde hace algunos años –respondió Sorcha–. Este trabajo me ha dejado poco tiempo para estudiar, de modo que he tenido que prepararme los exámenes por la noche. No es lo mejor para los ojos.

–¿Qué es? ¿Una vieja costumbre adquirida en tus años de instituto? Supongo que hará mucho tiempo ya de eso.

Sorcha se sintió furiosa consigo misma por haber sido tan negligente, por haber estado a punto de revelarle que, durante los cuatro años anteriores, había estado estudiando prácticamente todas las noches.

–Estar todas las noches asistiendo a galas y fiestas no me deja mucho tiempo para preocuparme por mis ojos –dijo Sorcha.

–Puede ser, pero me da la impresión de que, ahora,

llevas una vida más relajada, lejos de las tentaciones a las que estabas sometida antes –dijo Romain–. ¿O no tengo razón y simplemente has aprendido a ocultar tus vicios?

–Quiero que tengas una cosa clara –respondió Sorcha con la desagradable sensación de que Romain estaba intentando inmiscuirse en su vida–. Si acepto este trabajo, nunca, repito, nunca responderé a preguntas como ésa.

–No utilices la palabra nunca –replicó Romain.

En ese momento, Sorcha se sintió aliviada con la llegada del camarero. Con una clase aprendida a base de años, Romain ordenó el pescado especial del día y ella, admirada por la prestancia y elegancia de él, pidió un filete a la plancha con guarnición. A juzgar por la reacción que observó en él, no debía estar muy acostumbrado a que las modelos a las que invitaba a cenar alrededor del mundo pidieran algo más que una ensalada y un zumo de naranja.

–¿Podría poner doble ración de guarnición, por favor? –le pidió Sorcha al camarero con toda la intención.

El camarero se alejó y ambos quedaron en silencio, mirándose el uno al otro, calibrando mutuamente la situación.

–Quisiera contarte algo más acerca de la campaña –dijo Romain para romper el hielo.

–No te molestes, ya sé todo lo necesario –apuntó Sorcha–. Quieres que protagonice tu campaña. Me pagarás muy bien y correré el riesgo de destrozar mi carrera.

Romain no estaba acostumbrado a tratar con modelos con un sentido del humor tan ácido.

–No puedo culparte por tener esa impresión –dijo tratando de calmarla–. Pero te equivocas.

¿Estaba disculpándose? ¿Había un corazón detrás de aquella máscara capaz de sentir algo por los demás? ¿De darse cuenta de que su forma de hablar la hería?

En ese momento, el camarero se acercó a la mesa y mostró a Romain la botella de vino blanco que había pedido. Él la saboreó, dio su visto bueno y se tomó la libertad de llenar las dos copas.

Sorcha miró la suya pensando si debía beber o no. Por un lado, hacerlo podía contribuir a que él viera sus sospechas acerca de su vida pasada confirmadas. Pero, por otro, no estaba dispuesta a cambiar su forma de ser por los prejuicios de él ni por los de nadie.

Romain levantó su copa y le ofreció un brindis, que Sorcha aceptó con elegancia tomando un sorbo de la suya.

–Como te iba diciendo, me gustaría explicarte mejor el contenido de la campaña –empezó Romain–. Nunca se hará referencia a tu pasado ni a ningún otro aspecto de tu vida. Se trata de un mensaje subliminal. Porque, aunque no lo digamos explícitamente, la gente te recordará, recordará lo que pasó, y eso hará que se identifiquen contigo. Ésa es la forma en que quiero plantearlo.

–Por los esfuerzos que estás haciendo, esta campaña debe ser muy importante para ti.

–Lo es –afirmó Romain–. Como te he dicho antes, no va a ser sólo una campaña de publicidad para dar a conocer los productos de nuestros clientes. Quiero transmitir una nueva manera de pensar y de vivir. Quiero cambiar la forma de hacer publicidad, convertirla en algo más emocional, más sutil. Contaremos la historia de dos personas que se persiguen mutuamente alrededor del mundo en una especie de viaje romántico.

Por un momento, Sorcha tuvo la ridícula idea de que estaba hablando de ellos.

–Suena interesante –comentó ella, intrigada de verdad por la idea.

–Te cuesta reconocerlo, ¿verdad? –preguntó Romain guiñándole el ojo.

Sorcha desvió la mirada.

–Por cierto, Lisa me dijo algo muy interesante –dijo Romain inclinándose sobre la mesa.

«¿Habrá sido capaz de contárselo?», pensé Sorcha presa del pánico.

–Me contó que, durante los últimos años, has estado trabajando en un proyecto para crear un centro de ayuda a la juventud.

¿Por qué lo había hecho? ¿Por qué se lo había contado?

–Me dijo que el centro se inaugurará un par de semanas después de que hayamos terminado de rodar la campaña...

Sorcha estaba incómoda, incapaz de creer que Lisa le hubiera contado algo tan íntimo, algo en lo que había puesto tanto esfuerzo y que había tratado de mantener en secreto.

–Es cierto, pero eso no te concierne.

–Tampoco a ti, por lo que me contó Lisa –replicó Romain–. Parece que has tenido muy poco tiempo este último año para pasarte por aquí y supervisar el proyecto.

Y, encima, se permitía juzgarla. Sorcha estaba a punto de estallar.

–Vuelvo a repetir –afirmó Sorcha con determinación, casi incapaz de ocultar su indignación–. No es asunto tuyo, así que te agradecería que no volvieras a sacar el tema.

–Dime una cosa –continuó Romain como si no la hubiera oído–. ¿Es todo una fachada para hacer creer a la gente que has cambiado? Desde luego, es una publicidad estupenda –añadió lleno de cinismo–. ¿Has pensando ya qué te vas a poner el día de la inauguración?

Aquel hombre estaba manchando lo más preciado de su vida, aquello en lo que más ilusión había puesto, sólo por atacarla, para hacerla sentir inferior, para hacerla sentir culpable.

–Desprecio a los hombres como tú –respondió Sorcha ocultando lo afectada que estaba–. No respetáis nada.

Antes de que pudiera reaccionar, Romain extendió su brazo y la tomó de la mano con fuerza.

–Si quieres que no juzgue tu vida, que no haga presunciones, empieza por no hacerlas tú sobre mí –dijo él–. No me conoces de nada. De donde yo procedo no acostumbramos a obligar a la gente a hacer cosas que no quiere. Esto es sólo un trabajo, Sorcha –dijo mirándola fijamente–. ¿De verdad te va a resultar tan duro viajar alrededor del mundo durante dos semanas, rodeada de lujo y de atenciones? ¿De verdad no quieres darle la más mínima satisfacción a esa pequeña agencia de la que procedes?

Sorcha soltó su mano como si le ardiera, como si se la hubiera atrapado un monstruo salvaje. Quería irse. Quería marcharse de allí en cuanto fuera posible.

–Lo siento, pero he perdido el apetito –dijo Sorcha levantándose de la silla y tomando su chaqueta del respaldo de la silla–. Por favor, discúlpame.

Se dirigió a la puerta del restaurante siendo consciente de que su reacción había sido desproporcionada, que, en cierto modo, Romain tenía razón. Aquél era sólo un trabajo más, sólo dos semanas que le permitirían hacerle un inmenso favor a Lisa. Pero aquel hombre... Estar en su presencia la hacía perder el control.

Iba a abrir la puerta del restaurante cuando una mano se posó en su hombro con suavidad y la detuvo.

–Sorcha, yo...

–Sí, acepto la oferta –dijo Sorcha sin mirarlo, poniendo en su voz toda la furia que era capaz de expresar–. No tengo alternativa. No puedo dejar pasar la oportunidad de ganar tanto dinero. Como bien has sugerido, eso es lo único que me interesa.

–Sorcha, creo que hemos empezado con mal pie...

–¿No me digas? ¿Es que esperabas que tú y yo pudiéramos empezar de otra forma? Hace ocho años me denigraste públicamente prácticamente sin pruebas y ahora sigues dudando de mí, creyendo que soy una adicta a las drogas que ha aprendido a esconder con astucia los pinchazos de las jeringuillas. Nunca te has molestado en conocer mi versión. Si te dijera que nunca he probado nada, que nunca he tenido nada que ver con las drogas, ni siquiera me escucharías.

Sorcha se dio la vuelta, abrió la puerta del restaurante, y se detuvo frente a ella guardando las distancias tratando de no perder en exceso la compostura, de no permitir que él, aquel manipulador sin sentimientos, viera lo vulnerable e insegura que era.

–Dime cuándo y dónde –dijo Sorcha mirándolo fijamente.

–Puedes disfrutar todavía de una semana de vacaciones. Después, irán a recogerte a tu apartamento por la mañana temprano.

Sorcha asintió educadamente, inclinó la cabeza en señal de saludo y se alejó, sabiendo que esta vez él no intentaría detenerla.

Capítulo 5

CON UN explosivo cóctel de emociones en su interior, Romain vio a Sorcha salir del hotel cruzando las puertas giratorias

Por segunda vez, aquella mujer había tenido la osadía de dejarle con la palabra en la boca. Aunque una parte de él se rebelaba contra aquella falta de respeto, otra reaccionaba con una mezcla de excitación sexual y sorpresa, la sorpresa de que una modelo como ella tuviera la suficiente personalidad como para no sentirse intimidada por él y comportarse de forma natural. Sobre todo, cuando él le estaba ofreciendo un contrato por el que cualquier modelo vendería su alma.

Romain repasó la conversación que acababan de tener y se dio cuenta de lo mucho que le habían afectado a ella sus insinuaciones sobre su pasado, sus dudas sobre su verdadera recuperación y el cinismo con el que había tratado el tema del centro para jóvenes que estaba construyendo. Su reacción era síntoma de sensibilidad, pero todavía era pronto para saber la verdad que se ocultaba detrás.

Sumido en aquellos pensamientos, Romain se disculpó con el camarero por la escena que acababa de presenciar y, abandonando el restaurante, se dirigió a los ascensores para subir a su suite, imaginando, mientras cruzaba el vestíbulo, que Sorcha le esperaba en su dormitorio, tendida en la cama, con sus intensos ojos azules llenos de deseo.

Después de cuarenta y cinco minutos de angustia, Sorcha pareció resucitar de entre los muertos al divisar la pista de aterrizaje. El helicóptero descendió lentamente haciendo un ruido atronador mientras Lucy, la joven maquilladora que la había acompañado durante el viaje, seguía imperturbable, sin dirigirle una sola palabra.

Cuando el aparato tomó tierra, Sorcha respiró aliviada unos instantes. Pero la tranquilidad duró poco. Al otro lado de la ventanilla, en la pista, Sorcha distinguió la silueta de Romain de Valois recortada detrás de las ventanillas de un enorme jeep. Aquellas dos semanas infernales, en las que pasaría cada minuto del día junto a él, estaban a punto de empezar.

Con las gafas de sol puestas para ocultar sus nervios, Sorcha bajó del helicóptero y sintió en su rostro el viento de Inis Mór, la mayor de las islas Aran, en la costa oeste de Irlanda.

Romain, con el aire informal que le conferían los pantalones vaqueros y el jersey que llevaba puestos, bajó del jeep y se acercó a ellas.

–Bienvenidas –dijo extendiendo la mano para ayudarlas con el equipaje–. Es un sitio precioso, ¿no os parece?

Lo era. Allí cerca, a unos pocos kilómetros de distancia, enormes acantilados detenían la marea del océano Atlántico, provocando violentos choques que levantaban enormes olas y teñían la superficie del agua de blanco.

–Tú debes de ser Lucy –dijo Romain saludando a la maquilladora–. Encantado –añadió dándole un beso en la mejilla–. El autobús os está esperando. Sois las últimas en llegar.

Sorcha observó la reacción de la chica, que pareció derretirse cuando él la besó. Romain guió a la maquilladora hacia el autobús y Sorcha, suponiendo que también ella viajaría en él, los siguió de cerca.

–No –dijo Romain cuando vio que Sorcha subía al autobús detrás de Lucy–. Tú vienes conmigo.

–Si voy a alojarme con el equipo, sería mejor que fuera con ellos –dijo Sorcha.

–No te vas a alojar con ellos –replicó Romain–. Te vas a alojar conmigo.

El pánico la invadió.

–Pero...

–El cámara también estará con nosotros –añadió Romain.

–¡Ah! –exclamó aliviada.

Sorcha vio a Lucy a través del cristal observándolos sin perder detalle. Si continuaba allí, con aquella estúpida conversación, pronto los rumores empezarían a campar a sus anchas entre el equipo.

–Por supuesto –dijo Sorcha en voz alta para que todos pudieran oírla–. Nos veremos mañana, Lucy –añadió bajándose del autobús.

–Os veréis de nuevo esta noche –puntualizó Romain tomando el equipaje de Sorcha–. Vamos a cenar todos juntos para conocernos bien.

Sorcha le siguió hasta el jeep y Romain, abriendo la puerta del asiento del copiloto, la invitó a entrar.

–Siempre me alojo con el equipo –dijo Sorcha dentro del vehículo–. De esa forma, se evitan los rumores y los malos entendidos.

–¿Y eso te preocupa? –preguntó Romain subiendo al jeep.

–Por supuesto que me preocupa –respondió Sorcha–. Si me alojo contigo, tendrán la excusa perfecta para pesar que...

–¿Estamos liados?

–¡Por supuesto que no! –exclamó instintivamente Sorcha–. Quiero decir... –añadió recuperando la calma–. Sí, eso es lo que pensarán. Pero no te preocupes. Estoy tranquila, sé que nunca te sentirías atraído por una persona tan turbia y degenerada como yo.

–Te equivocas completamente –añadió Romain acercándose a ella y mirándola a los ojos con sensualidad

Sorcha empezó a respirar agitadamente, como si le faltara el aire. ¿Qué pretendía? ¿Quería besarla? ¿Cómo era capaz de estar allí, tan tranquilo, haciéndola sentir así? ¿O era todo producto de su imaginación?

Romain cerró la puerta de su dormitorio y apoyó la espalda en la puerta, como si al fin estuviera a salvo de Sorcha Murphy, de aquella mujer que lo volvía loco.

Había bastado con verla descender del helicóptero para que todo su cuerpo se revolucionara y sus sentidos dejaran de funcionar. Después, en el jeep, había estado a punto de abalanzarse sobre ella y besar aquella boca con la que había estado soñando desde hacía una semana.

¿Qué le había hecho esa mujer? No se reconocía a sí mismo. El autocontrol que siempre le había guiado parecía haber desaparecido ante un deseo que nunca antes había sentido con tanta intensidad.

«Al menos, no desde hace mucho tiempo», pensó Romain escuchando el sonido de los recuerdos agitarse en su interior. ¿Es que nunca lograría librarse de aquello?

En la tranquilidad de su dormitorio, Sorcha se quitó el jersey de lana que había llevado puesto desde que había salido de su apartamento aquella mañana.

La casa, un antiguo granero reformado, era preciosa, pero apenas le había prestado atención, impresionada por los verdes valles que se extendían hasta donde alcanzaba la vista, hechizada por el rumor del mar, el suave declive que, detrás del edificio, descendía casi imperceptiblemente hasta morir en una pequeña playa.

El viaje hasta allí, con Romain conduciendo a su lado, había sido tan incómodo, que llegar a la casa y entrar en el dormitorio le había parecido una liberación.

Sin embargo, por mucho que lo intentaba, no lograba olvidar la frase que él le había dicho. ¿Había sido todo imaginaciones suyas o, por un instante, Romain de Valois había bajado la guardia y había dejado entrever que la deseaba?

No estaba seguro. El comportamiento de Romain desde entonces había sido frío y distante. Prácticamente, sólo se había dirigido a ella para indicarle cuál era su habitación e informarla de que debía estar en el salón en una hora para asistir a un breve *briefing* sobre la sesión del día siguiente.

Sorcha se tumbó en la cama. Si estaba sintiendo todo aquello cuando sólo llevaba en aquel lugar media hora, ¿cómo iba a ser capaz de soportar dos semanas junto a aquel hombre sin volverse loca?

Sorcha se esforzó en recordar las razones que la habían impulsado a aceptar el trabajo. Recordó la deuda moral que la unía a Lisa, que se merecía cualquier esfuerzo que pudiera hacer por ella. Recordó el centro de ayuda a la juventud, en todas las personas que habían estado trabajando en él, en lo bien que le iba a venir una inyección de fondos cuanto antes.

No tenía elección. Debía hacerlo por ellos. Debía ser fuerte por todos ellos.

–Será como una historia de amor. Como si fuera una película...

Sorcha estaba sentada en la mesa del comedor compartiendo la cena con Simon, el cámara, Dominic, el fotógrafo, y Romain, que ocupaba el lugar del anfitrión.

Pero, desde que había entrado, sólo había sido capaz de mirarlo a él, a su pelo húmedo por la ducha que se habría dado hacía sólo unos minutos, a su perfume penetrante que sólo ella entre todos los presentes parecía respirar.

–Perdona, ¿puedes repetirlo, Simon? –le pidió Sorcha, que no le había prestado atención.

–Lo que Simon quería decir es que la campaña se basará en spots cortos de treinta segundos –dijo Romain–. Todos juntos, irán contando una historia.

Mientras Romain hablaba, Sorcha observó a su alrededor. Aunque Dominic, el fotógrafo, no había abierto la boca, lo conocía perfectamente. Había formado parte de aquel círculo perverso que había contribuido a su caída, a aquella época terrible de su vida. Y, aunque nunca había sido acusado formalmente de nada, los ojos de aquel hombre eran más transparentes que al agua. Sorcha podía leer en ellos que Dominic nunca se había alejado mucho de aquel mundo turbio y peligroso.

Sorcha desvió la mirada hacia Simon, un cámara londinense que vestía de modo muy informal y que parecía la persona más tranquila y afable del grupo.

–¿Podrías explicármelo mejor? –preguntó dirigiéndose a él.

–Claro –empezó Simon–. La campaña contará un romance. Una historia de amor. En cada lugar del mundo, iremos viendo cómo esa relación avanzada, veremos cómo os conocéis, cómo os enamoráis y cómo os casáis. Todo en un estilo suntuoso pero delicado, como si fuera un sueño. El último spot os mostrará a ti y a tu pareja rodeados de vuestra familia.

Sorcha, sin saber por qué, se sintió extrañamente identificada con aquella historia, como si alguien hubiera hurgado en sus fantasías más íntimas y las hubiera expresado delante de todos. Era extraño, porque, desde la muerte de su padre, la atmósfera en su familia había degenerado tanto que su hermano y ella había crecido con un odio visceral hacia todo lo que representaba la imagen de una familia feliz. Pocas personas en el mundo podían ser ajenas como ella a ese tipo de idilio familiar.

Discutieron durante algunos minutos más sobre la

campaña y, cuando terminaron, Sorcha se levantó para retirarse a su habitación, arreglarse, y estar lista para la cena con el equipo, que tendría lugar a las ocho.

Al llegar a la puerta del salón, Dominic, el fotógrafo, se acercó a ella. Muchas mujeres le encontraban terriblemente atractivo, pero a ella le dejaba fría.

–Qué alegría volver a verte, Sorcha –dijo Dominic–. Hace muchos años que no nos veíamos, ¿verdad? Desde los viejos tiempos...

–Sí, hacía mucho tiempo que no nos veíamos, Dominic –interrumpió ella–. Me alegro de volver a verte. Ahora, si no te importa, me gustaría salir a respirar un poco el aire –dijo cambiando de opinión para librarse de él.

Sorcha se dirigió a la puerta de la casa cuando sintió que la mano del fotógrafo la sujetaba.

–¿Qué estás haciendo...?

–Sí, Sorch, recuerdo muy bien los viejos tiempos –dijo Dominic en tono agresivo, a pesar de su sonrisa–. Recuerdo, por ejemplo, a Christian, ¿y tú? Cuando supe que volvería a trabajar contigo fui a charlar con él. Me contó cosas muy interesantes –Dominic la miró de arriba a abajo–. Estoy deseando conocerte mejor. Si necesitas algo, lo que sea... Bueno, ya sabes dónde encontrarme.

Sorcha sabía de sobra a qué se refería. Drogas. Sin resultar grosera, soltó su brazo con tranquilidad y le miró fijamente.

–Prefiero que me llames Sorcha –dijo ella–. Y no, muchas gracias, no necesito nada. Ahora, si me disculpas...

En ese momento, Sorcha vio por el rabillo del ojo que Romain salía del comedor. Si saber por qué, pensó que Romain podría interpretar aquello de manera equivocada, creer que tenía algún tipo de relación secreta con Dominic. Sintió el impulso de acercarse a él y explicárselo, pero ¿qué podía decir? Y sobre todo, ¿cómo hacerlo si desvelar la intensa atracción que sentía por él?

Cuando Romain llamó a Dominic para pedirle que volviera a entrar en el salón, Sorcha aprovechó la ocasión para salir fuera, sentir la luz del atardecer e intentar tranquilizarse.

Sorcha entró en su dormitorio y miró en el armario en busca de una ropa adecuada para la cena con el equipo. Aunque no se trataba de una ocasión muy formal, quería transmitir a todos desde el principio un espíritu de cordialidad pero, sobre todo, de profesionalidad. Sobre todo a él. Necesitaba recuperar el control sobre sí misma, aquel control que había perdido aquella noche, semanas atrás, en Nueva York.

Se puso unos vaqueros oscuros, unas zapatillas bajas de bailarina y un suave jersey de cachemir. Se arregló un poco el pelo, se puso las gafas para ver de cerca y se miró al espejo. Parecía una mezcla entre una *cheerleader* de dieciséis años y una universitaria.

Ignorando el rojo intenso de sus mejillas, por las que parecía salir al exterior la pasión oculta dentro su cuerpo, Sorcha abrió la puerta de su habitación dispuesta a no dejarse llevar, de nuevo, por sus encontradas emociones.

Capítulo 6

SORCHA salió de su dormitorio para dirigirse al salón cuando, sin darse cuenta, se chocó de bruces contra Romain, que estaba de pie junto a su puerta. Sorcha reaccionó violentamente, echándose hacia atrás. No estaba preparada para estar tan cerca, para sentir su mirada posarse sobre ella, para tocar con sus manos el pecho de él como acababa de hacerlo hacía unos instantes.

–¿Te gusta espiar las habitaciones de los demás? –preguntó Sorcha nerviosa–. ¿O has venido para ver si me había abandonado a alguna de mis perversiones?

–Sólo he venido para acompañarte abajo –respondió Romain con una sonrisa–. Ya han llegado todos.

–Puedo bajar yo solita –replicó ella.

Romain la dejó pasar delante y ambos bajaron las escaleras.

Cuando llegaron al vestíbulo, todo el mundo estaba charlando animadamente, tomando aperitivos y bebiendo. Un par de camareras vestidas con camisetas blancas y pantalones negros daban vueltas ofreciendo bandejas de canapés.

–¡Sorcha! ¡Qué alegría!

Sintió que alguien la levantaba en el aire y jugaba con ella.

–¡Val! –exclamó sonrojada al ver al estilista, un

hombre alto y apuesto–. Como no me bajes ya, se me van a dormir las piernas.

–¿Cómo está la modelo más lista del mundo? –preguntó el estilista posándola suavemente en el suelo, y se detuvo a pensar un momento–. ¿Qué sacaste al final? No lo recuerdo...

–Summa Cum Laude –respondió Sorcha en voz baja–. Pero tampoco es para tanto, también lo consiguieron muchas personas.

–Sigues teniendo mucho mérito– dijo–. Además, quedaste la quinta de tu...

–¿De tu qué?

Cielos. Se había olvidado completamente que Romain estaba allí, detrás de ella. ¿Lo habría oído?

–Nuestra estrella se acaba de licenciar, y con nota, en... –empezó el estilista.

–Val –lo interrumpió Sorcha para que no desvelara nada más–. No me has enseñado tu anillo de boda.

Sin pensarlo dos veces, el dicharachero estilista extendió su mano para acercarla a Sorcha y mostrarle el anillo de platino que le había regalado su novio en conmemoración de la boda que habían celebrado recientemente en Londres. Sorcha se sintió tan aliviada al haber cambiado de tema que se divirtió con los ingeniosos comentarios del estilista.

Cuando, al cabo de unos minutos, alguien en la sala atrajo la atención del estilista, Romain se acercó a Sorcha en cuanto se hubo separado de él.

–¿De qué estabais hablando?

–De nada –respondió Sorcha de forma evasiva.

La gente empezó a entrar en el comedor para sentarse a la mesa.

–¿De nada? ¿Por qué los has interrumpido? ¿Por qué no le has dejado que continuara?

Sorcha no quería contarle nada. Quería mantenerlo a distancia, evitar que Romain creyera que estaba consiguiendo ganar confianza con ella.

–No es de tu incumbencia. Es algo privado y muy personal. Además, ¿de verdad te interesa algo de mí que no sea mi relación con asuntos turbios?

–Sí, me interesa mucho– respondió Romain–. Vamos a estar juntos dos semanas.

–Ya te advertí que eso no te da ningún derecho –afirmó Sorcha–. Aléjate de mi vida privada.

–En cambio, a Dominic si le dejas que se acerque a ti.

–¿De qué hablas? –preguntó Sorcha mirándolo sorprendida.

–Os vi antes, hablabais con mucha complicidad los dos.

–No viste nada.

–Vi...

–¡Eh! ¡Vosotros dos! Venid, os estamos esperando.

Con naturalidad, Romain extendió la mano para invitar a Sorcha a que pasara ella primero.

Entraron en el comedor y Sorcha vio que Val la miraba fijamente con un gesto de interrogación. El estilista la conocía demasiado bien como para haberle pasado desapercibida su tensa conversación con Romain.

La cena transcurrió con normalidad. Sorcha se sentó junto a Lucy, que estuvo tan charlatana como de costumbre, y Simon. Charlaron sobre los preparativos para el día siguiente.

Sorcha no podía dejar de mirar a Romain, que había ocupado un asiento en la otra punta de la mesa. A su lado, otra de las estilistas, Claire, que lucía un precioso pelo rubio muy corto y un aire de mujer madura muy atractivo, se esforzaba por atraer la atención de él.

Sorcha empezó a darse cuenta de que estaba celosa, y más después de que la estilista posara su mano en el brazo de él y Romain respondiera con una sonrisa agradecida.

–¿Estás bien, Sorcha? –preguntó Simon mirándola.

–Sí... –respondió confundida, como si la hubieran pillado haciendo algo deshonesto–. Muy bien. Sólo estoy un poco cansada. Ha sido un día muy largo.

–Y mañana lo será más todavía. Tenemos mucho que hacer.

Tras la cena, pasaron de nuevo al salón, donde bebieron unas copas y Sorcha se dedicó a hablar con los miembros del equipo que todavía no conocía. Siempre manteniendo a Romain a distancia.

Dominic, por su parte, parecía haberse interesado en la joven Lucy. Sorcha se alegró al ver que los dos se habían escapado juntos. Tal vez, así, el fotógrafo la dejaría en paz.

Al cabo de un rato, Sorcha se disculpó con todos los presentes y, alegando que estaba cansada, se retiró a su dormitorio.

Tumbada en la cama boca arriba, mirando absorta el techo de la habitación, Sorcha intentó darse fuerzas a sí misma, convencerse de que debía ser profesional y mantener la calma durante las dos semanas. Con todo el mundo. Incluyéndolo a él.

A la mañana siguiente, empezaron a trabajar muy temprano. Simon insistió en hacer una sesión en la playa aprovechando la luz del amanecer, y vistieron a

Sorcha con un vestido largo de seda. Tenía tanto frío que estuvo tapada con un abrigo hasta el momento en que empezó la grabación.

El rodaje consistía en un paseo por la playa. Sorcha caminaría despacio, dando un paseo, hasta encontrar, de pronto, una botella mecida por las olas. Al tomarla, descubriría una nota dentro con un mensaje. Ese mensaje la llevaría al lugar donde habría de desarrollarse el siguiente capítulo, y así sucesivamente.

–Sorcha...

La modelo se volvió para encontrar junto a ella a Romain, atractivo y sensual.

–¿Sí?

–Hemos hecho un pequeño cambio de planes. Vamos a rodar aquí una secuencia de un spot que pensábamos rodar en India. En esa secuencia debe aparecer Zane, tu... compañero.

–¿Cómo vamos a hacerlo? –preguntó Sorcha–. Zane no está aquí.

–Lo sé, pero Simon me ha comentado que puedo ocupar yo su lugar. Tengo aproximadamente su misma estatura y complexión.

–¿De qué va la secuencia? –preguntó Sorcha terriblemente nerviosa.

–Bueno, tú y yo...

Sorcha luchó consigo misma para contener los nervios.

–Ya entiendo –murmuró–. Debería habérmelo imaginado.

Durante la comida, se enteró de más detalles. La secuencia pertenecía al capítulo de la ceremonia de boda, y se rodaría al atardecer. Claire, la estilista, se había desplazado a Dublín para conseguir el vestido.

Los nervios de Sorcha se transformaron en pánico.

¿Tendría que besarlo?

La idea la asustaba tanto como la atraía.

¿Había hecho aquel cambio a propósito? ¿Sólo para seducirla?

Capítulo 7

ALGUNAS horas después, con los nervios a flor de piel, Sorcha se encontró de nuevo a la orilla del mar, vestida de blanco, con el pelo recogido detrás en un suntuoso peinado y una orquídea en el lado derecho de su rostro completando la imagen de una auténtica novia.

Claire le daba los últimos retoques al vestido.

–No te puedes ni imaginar la prisa que me han metido para que consiguiera el vestido a tiempo –susurró la estilista–. Estaba previsto para dentro de una semana. Han tenido que enviarlo desde París custodiado por guardaespaldas. Vas a estar preciosa en los brazos de Romain.

¿Había dicho en sus brazos? ¿No iba a ser una simple y tierna imagen matrimonial de ellos dos dándose la mano y paseando por la orilla del mar?

Romain apareció vestido con un esmoquin oscuro, los botones superiores de la camisa desabrochados y los pantalones subidos por las rodillas. Estaba guapísimo.

El sol empezaba a esconderse tras el horizonte. Simon y Dominic gritaban órdenes a diestro y siniestro. Todo el equipo estaba muy tenso.

Romain se acercó a Sorcha y la observó atentamente.

–Estás preciosa –comentó–. Transmites pureza, dulzura, virginidad...

–¿Podemos empezar, por favor? –cortó Sorcha, consumida por los nervios.

Sin apenas darse cuenta, Romain la tomó en brazos y Sorcha, instintivamente, pasó sus brazos alrededor de su cuello.

–¿Qué...?

–Se supone que estamos enamorados, ¿no? –dijo Romain.

–¡No me fastidies! –exclamó Sorcha–. Si me estás gastando una broma...

–¡Perfecto! –exclamó Simon acercándose y midiendo la intensidad de la luz con un pequeño aparato–. Avisadme cuando necesitéis descansar, tenéis que estar así un buen rato.

–Espero no pesarte mucho –dijo Sorcha cuando Simon se fue.

–Eres tan suave como una pluma –replicó Romain.

La facilidad con que la había levantado, la seguridad con que la sostenía, hacían que Sorcha se sintiera intensamente femenina, más de lo que nunca se había sentido en su vida.

Pero estar en sus brazos la hacía perder la concentración. Sorcha se dio cuenta de que estaba respirando tan deprisa que sus pechos estaban hinchándose de forma intermitente. Era demasiado provocativo. Sorcha contuvo la respiración y giró la cabeza para mirar a otro sitio.

–Si respiras, será más fácil...

El rostro de Sorcha enrojeció levemente. Miró a Romain de nuevo. Podía sentir su respiración, el leve aliento que salía de su boca llegar hasta ella, inundarla como si fuera una brisa cálida.

Aquel hombre que la sostenía entre sus brazos había conseguido, con una facilidad sorprendente, derribar el muro que Sorcha había erigido alrededor de su sexualidad durante tanto tiempo. Lo había destruido con la misma facilidad con que la había levantado del suelo.

Y ahora, Sorcha estaba entre sus brazos como si estuviera desnuda, sin defensas, sintiendo la química que existía entre ellos dos, advirtiendo cómo su cuerpo se agitaba por dentro, cómo las manos de él parecían estar transmitiéndole una energía que la embriagaba.

Sin darse cuenta, Sorcha hundió su mano derecha bajo el cuello de la camisa de Romain, acariciándole la nunca al mismo tiempo que lo miraba a los ojos. Romain inclinó la cabeza hacia ella y Sorcha, entreabriendo sus labios, echó la cabeza hacia atrás y cerró lentamente los ojos, esperando con ansia que él posara sus labios en...

–¡Perfecto! –exclamó Simon–. Habéis estado tan sublimes que ni siquiera vamos a necesitar que os beséis.

Como si hubiera despertado de un sueño, o una burbuja de cristal se hubiera desintegrado en miles de pedazos diminutos, Sorcha recuperó la consciencia y se dio cuenta de que el equipo había estado rodando durante todo el tiempo.

Y ella no se había dado cuenta.

Romain la depositó suavemente en el suelo contrariado, como si acabaran de expulsarlo del paraíso, maldiciendo estar rodeado de todas aquellas personas. Si hubieran estado solos, la habría besado, ella lo deseaba, lo había percibido en su mirada.

–Eres una actriz maravillosa –dijo Romain.

¿Actriz? ¿Pensaba que lo había fingido todo?

«Bueno, pensándolo mejor, tal vez sea mejor así», pensó Sorcha.

–Es mi trabajo –respondió Sorcha, sintiéndose como huérfana lejos de los brazos de él–. Supongo que me contrataste por eso.

Aquella noche, Sorcha fue incapaz de dormir. El recuerdo de los brazos de Romain sosteniéndola al borde de la orilla del mar no se le iban de la cabeza.

A las seis de madrugada, incapaz de conciliar el sueño, decidió hacer frente a su inquietud y, vistiéndose con una camiseta de manga corta y unos pantalones de deporte, salió de la casa para correr. Para ella, correr no era sólo un deporte. También era una forma de meditación, de relajación.

Hacía un día precioso, extrañamente soleado para tratarse de aquel lugar, siempre nublado. No divisó a nadie en los alrededores, de modo que, con tranquilidad, bajó hasta la playa y corrió siguiendo la línea marcada por el oleaje durante un rato.

Cuando consiguió vencer sus pensamientos, se sentó exhausta en la orilla y dejó que el agua fría del Atlántico mojara sus pies.

Entonces, a pocos metros, distinguió la silueta de un hombre. Sus brazos, su espalda, sus piernas... Sólo podía tratarse de él.

Sorcha se quedó como hechizada, viendo como Romain regresaba poco a poco a la orilla, emergiendo del agua como si fuera un dios, mostrando su extraordinario torso, húmedo por el agua. ¿Realmente estaba allí, en la playa, o estaba soñando?

Sorcha se vio a sí misma, allí sentada, mirándolo como si fuera una adolescente con las hormonas revolucionadas. Sintió tanta vergüenza que se puso rápidamente las zapatillas de deporte para huir de allí cuanto antes.

–¡Espera! –exclamó Romain.

Sorcha se detuvo, notando cómo la tortura de sus pensamientos, de esos pensamientos que no la habían dejado dormir en toda la noche, regresaban de nuevo. Lo miró haciendo esfuerzos por no reflejar su excitación.

–¿Disfrutando de la vista?

–No seas ridículo –contestó Sorcha haciéndose la indignada–. He venido a correr y ahora estaba descansando. Te vi, pero no sabía que eras tú. Sólo quería asegurarme de que estabas bien. Aquí, las corrientes pueden ser muy peligrosas.

–¿Habrías entrado a salvarme si hubieras visto que tenía problemas? –preguntó Romain cubriéndose con una toalla.

–¿Tú qué crees? –preguntó a su vez Sorcha.

Como si no la hubiera escuchado, Romain se secó el pelo y el pecho. Sorcha miró la piel de él, erizada por el frío.

–Ha sido fantástico –dijo Romain señalando el mar con la cabeza.

–Lo sé –respondió Sorcha–. Ha pasado mucho tiempo desde la última vez que me bañé en una playa como ésta, pero todavía lo recuerdo.

–Por mí no te cortes –replicó Romain–. Adelante. Puedo quedarme aquí vigilando tu ropa.

Romain se deshizo de la toalla y empezó a quitarse el bañador para cambiarse ropa.

–¿Te importa? –preguntó él sonriendo.

Instintivamente, Sorcha desvió la vista.

–Ya estoy visible –dijo Romain.

Volvió a mirarlo y vio que Romain se estaba abrochando el botón de sus pantalones vaqueros.

–¿Qué? ¿No te animas? –preguntó Romain de nuevo.

–¿Animarme? ¿A qué?

–A darte un baño.

–La verdad, es buena idea –admitió Sorcha–. Voy a ir por mi bañador.

Sorcha se dio la vuelta y tomó el camino de la casa. Romain terminó de vestirse y caminó junto a ella.

–No te atreves...

–Tengo que estar vestida y maquillada en media hora –dijo ella–. ¿Quieres que me retrase?

–No, desde luego.

Cuando llegaron a la puerta, los dos quisieron entrar al mismo tiempo, pero el hueco era demasiado pequeño para ambos.

De pronto, Romain no pudo soportarlo más y pasó sus brazos alrededor de Sorcha.

–¿Qué demonios estás...?

–Algo que he deseado hacer desde que te vi aquella noche en Nueva York –respondió Romain–. Ayer estuvimos a punto. ¿Qué crees que habría pasado si no nos hubieran interrumpido?

Sorcha no podía moverse. Su cuerpo estaba pegado al de él, a ese cuerpo que tanto deseaba. Pero sentía miedo. Debía hacer algo. Algo para salir de aquella situación.

–¿No tienes miedo de contagiarte de mi actitud inmoral? –preguntó Sorcha poniendo sus manos en el pecho de él para detenerlo.

Romain la miró fijamente, detenido a escasos centímetros de su rostro. Le estaba dando la oportunidad de escapar, y ella, ¿qué estaba haciendo ella? Mirarlo, desearlo sin poder evitarlo.

Antes de que pudiera reaccionar, Romain acercó su boca a los labios de ella y Sorcha sintió el tacto delicado de su piel saboreando la suya. Ella cerró los ojos y dejó que él recorriera delicadamente su boca con la punta de la lengua. El mundo había dejado de existir al mismo tiempo que su capacidad de razonar.

Romain la empujó contra la puerta y se abalanzó sobre ella.

–No... –murmuró ella.

–Vamos... Deseas esto tanto como yo.

Romain la besó de nuevo, esta vez como si quisiera devorarla, y ella se entregó a él, al intenso sabor a sal que exhalaba su boca, como si no existiera nada más. Todo su cuerpo reaccionó entrando en tensión, como enviando todo el deseo que contenía para concentrarlo en aquel beso.

Él empezó a acariciar su cintura, descendió y presionó con una mano su trasero haciendo que Sorcha se pegara aún más a él.

En ese momento, Romain escuchó muy cerca los ladridos de un perro y se apartó ligeramente, observando cómo ella, aún con los ojos cerrados, seguía en éxtasis. Aquél no era ni el momento ni el lugar.

Al cabo de unos instantes, Sorcha volvió en sí y lo miró. El rostro de Romain estaba lleno de satisfacción, como si hubiera conseguido algo largamente deseado.

–No sé en qué demonios estabas pensando –dijo ella–, pero ten por seguro que no se volverá a repetir.

–La próxima vez, no nos interrumpirán –replicó Romain.

Sorcha miró a su alrededor y entonces vio al perro, que corría por la playa.

–Te crees que todas las modelos de este mundo se mueren por irse a la cama contigo, ¿verdad? –dijo Sorcha tratando de recuperar la compostura–. Pues yo no. Aunque fueras el último hombre sobre la tierra.

Sin que pudiera evitarlo, Romain vio como ella, con sus mejillas encendidas, le daba la espalda y entraba en la casa.

Capítulo 8

AQUELLA misma tarde, al subir al avión sintiendo todavía el beso de Romain en los labios, oliendo el perfume del mar por todo su cuerpo, Sorcha pensó que las estrellas y el destino estaban en contra suya. El único asiento libre era el que estaba situado al lado de él.

Romain tenía abierto un portátil sobre su mesilla y parecía absorto revisando lo que parecía cifras de venta y estadísticas. Todo un hombre de negocios, sereno y concentrado.

–Disculpa... –lo interrumpió Sorcha–. Parece que éste es el único asiento libre.

–Adelante, es un honor –dijo Romain–. Será divertido ver cómo intentas mantenerme a distancia durante cinco horas.

Sorcha hizo oídos sordos a la ironía y se sentó junto a él, poniendo mucho cuidado en dónde ponía los brazos.

A los pocos minutos, los motores se encendieron y Sorcha, sintiendo que su miedo congénito a volar empezaba a dominarla, apoyó su espalda en el asiento y cerró los ojos. Ni siquiera el tener a Romain a su lado, con la inseguridad y excitación que provocaba en ella, consiguió reprimir lo más mínimo su temor.

–¿Qué te ocurre? –preguntó Romain mientras el

avión empezaba a tomar velocidad para el despegue–. ¿Tienes miedo a volar?

Paralizada por el miedo, Sorcha sólo fue capaz de asentir con la cabeza. Entonces, notó como él sostenía su mano y la apretaba con fuerza, entrelazando sus dedos con los suyos.

Como por arte de magia, el temor empezó a remitir, a hacerse más llevadero, a hundirse en algún rincón remoto de su cabeza. Sorcha no podía creerlo. El avión estaba despegando, abandonando la seguridad del apoyo en tierra, y ella estaba allí, tranquila, casi sin darle importancia.

A los pocos minutos, una vez que el aparato se hubo estabilizado en altitud, Sorcha soltó su mano.

–Vaya fuerza tienes –dijo Romain sonriendo–. Recuérdame que nunca te rete a un pulso.

Sorcha se culpó a sí misma por haberse mostrado tan vulnerable, por haber dejado que él supiera que su presencia la había tranquilizado.

–¿Tienes miedo sólo al despegue? –preguntó Romain–. ¿O también durante el vuelo?

–Sólo al despegue y al aterrizaje –respondió Sorcha–. Y a los helicópteros –añadió mirándolo–. El otro día, cuando llegamos a Inis Mór, creí...

–Ahora entiendo –interrumpió él–. Me extrañó mucho que estuvieras tan pálida. ¿Por qué no dijiste nada?

–¿De qué hubiera servido? –replicó ella–. Es sólo un miedo absurdo. No hacía ninguna falta montar una escena.

–Así que, ¿prefieres callarte y guardártelo dentro sólo para agradar a los demás?

–¿Es que podía haber llegado hasta Inis Mór de otra manera?

Romain la miró intrigado.

–¿Desde cuándo te pasa?

–¿El qué? –preguntó Sorcha.

–Tu miedo a volar... ¿Sabes de dónde procede?

Sorcha asintió tímidamente, valorando si debía contárselo o no.

–Oh, lo siento –se adelantó él–. Olvidaba que no debo hacerte preguntas personales.

A pesar de cuanto se había prometido a sí misma, Sorcha supo en aquel momento que necesitaba contárselo. Es más, necesitaba que él pasara el brazo alrededor de sus hombros y la comprendiese.

–No –murmuró–. No pasa nada.

Sorcha miró unos instantes el cielo a través de la ventanilla y luego se volvió de nuevo hacia él.

–Yo tenía tres años –empezó–. Íbamos a España, creo que a ver a la familia de mi madre...

–¿Eres española? –preguntó Romain incrédulo.

–Medio española –respondió–. Mi madre es española. Mi padre era irlandés.

Sorcha sabía que estaba mintiendo al decir que era medio española, pero la verdad prefería guardársela para ella.

–¿Era? –preguntó Romain–. ¿Está muerto?

Sorcha asintió con tristeza.

–Murió cuando yo tenía diecisiete años –susurró.

–Lo siento mucho –intentó consolarla Romain al ver lo afectada que estaba.

–No te preocupes, fue hace mucho tiempo.

–Mi padre también murió cuando yo era muy joven –comentó Romain–, sólo tenía doce años. Murió de un ataque al corazón.

Sorcha lo miró, comprendiendo un poco más

aquel comentario que había hecho Maud sobre la madre de él.

–El mío también murió de un ataque –dijo ella–. Lo siento mucho.

Un silencio sepulcral se extendió sobre ellos. Ambos se quedaron pensativos, cada uno en su propio mundo. Ni siquiera vieron a la azafata cuando pasó junto a ellos para preguntarles si querían algo de beber.

–Estabas diciendo –dijo Romain saliendo de su ensoñación–, que tenías tres años...

–Sí. Estábamos de vacaciones, íbamos a España. El avión estaba a punto de aterrizar cuando, de pronto, algo salió mal, y el aparato chocó contra el suelo. No habría pasado nada si hubiera llevado puesto el cinturón de seguridad. Pero, no sé cómo, me lo había quitado. Salí despedida y me hice mucho daño. No me pasó nada, pero ése es el origen de todo. Es una tontería. Ya debería haberlo superado.

Romain la miró a los ojos y Sorcha sintió una gran calidez en su mirada, como si intentara compartir con ella su temor para que éste desapareciera para siempre.

–Si no te importa –dijo él–, tengo una reunión muy importante cuando aterricemos y tengo que revisar algunas cosas.

Romain volvió la cabeza y se concentró en las cifras y gráficas que mostraba su ordenador portátil. Sorcha no pudo más que admirarse al ver la facilidad con que Romain, que aquella misma mañana parecía un ser tan pasional, se transformaba de una manera tan radical.

Extrajo de su bolso de viaje el libro que estaba leyendo e intentó concentrarse ella también en la lectura. Sin embargo, el estar sentada a su lado, era superior a su fuerza de voluntad. Reclinó la cabeza en el respaldo, e intentó descansar un poco.

Sorcha se despertó repentinamente sintiendo que el avión estaba a punto de aterrizar, sin saber cuánto tiempo había pasado. Estaba apoyada en algo suave, muy suave... Demasiado suave para ser el respaldo del asiento.

Romain había alzado el reposa-brazos que separaba sus dos asientos para que así ella pudiera apoyarse en él y descansar mejor.

–Lo siento. Yo... –dijo Sorcha sonrojándose.

Romain la observó adormilada y pensó que nunca había visto algo tan bello en su vida. En parte se sintió aliviado. Y no porque ya estuviera cansado de tenerla encima, sino porque durante más de tres horas había tenido la cabeza de ella sobre su pecho, había sentido el perfume de Sorcha junto a él, y casi le había resultado imposible soportar la excitación, el deseo de besarla.

Sorcha se incorporó y se arregló un poco el pelo mirando nerviosa a su alrededor.

–No te preocupes, nadie se ha dado cuenta –apuntó Romain.

–No quería quedarme dormida. Debía estar más cansada de lo que creía.

–Para mí fue un placer –dijo Romain.

Sorcha intentó disimular su excitación dedicándose a abrocharse el cinturón de seguridad y a buscar el libro que había sacado del bolso antes de quedarse dormida. Lo buscó por todas partes hasta descubrir que se había caído encima del portátil de Romain. Extendió la mano para alcanzarlo antes de que él pudiera darse cuenta, pero él fue más rápido.

–*El hombre y sus símbolos*...Carl Yung –leyó Romain como si estuviera leyendo algo escrito en otro idioma.

–Sí –comentó ella extendiendo de nuevo el brazo para recuperar el libro, sin advertir que el avión estaba tomando tierra y los altavoces anunciaban que acababan de llegar a Nueva York.

–Debo serte sincero –apunto Romain devolviéndole el libro–. Me gusta más Freud.

–¿Por qué no me sorprende en absoluto? –preguntó Sorcha agarrando el libro con fuerza.

–Dime una cosa –dijo Romain–. ¿Tiene este libro algo que ver con lo que estabas hablando la otra noche con Val?

Sorcha lo miró atentamente. Había pensado durante aquellos días si debía contárselo o no. En realidad, prefería no hacerlo, pero sabía de sobra que, si no lo hacía, el se lo preguntaría a Val. Y Dios sabe qué le diría el dicharachero estilista.

–Acabo de licenciarme en Psicología por la Universidad de Nueva York –dijo Sorcha aguardando su reacción.

Romain la miró sin apartar la vista de ella.

–¿Es cierto lo que creí escucharle a Val? ¿Sacaste la nota más alta?

Sorcha asintió.

–Enhorabuena.

A pesar del halago, Sorcha se sintió desamparada, casi como si estuviera desnuda. Desde que había coincidido con él la primera vez, se había jurado a sí misma que lo mantendría alejado de ella, que no le contaría nada. En ese momento, cuando sólo habían pasado unos pocos días, Romain ya se había enterado de su proyecto de ayuda a los jóvenes, de sus estudios en la universidad, de su miedo a volar, de la atracción que sentía hacia él... ¿Qué sería lo siguiente?

La noche siguiente, en lo alto del Empire State Building, abrigada con una chaqueta de lana, Sorcha sentía como el viento gélido acariciaba su rostro casi con ternura.

–¿Dónde está el señor maravilloso esta noche?

–No tengo ni idea –contesto Sorcha a Dominic aguantando las ganas de soltarle un improperio–. ¿Por qué te preocupa?

–Porque esté donde esté, siempre tengo la sensación de que está detrás de mí, vigilándome para que no cometa ningún error –respondió el fotógrafo.

Sorcha no pudo evitar una sonrisa. Era agradable descubrir que ella no era la única que tenía esa sensación.

En cualquier caso, Sorcha pensó que era realmente extraño el que Romain no hubiera acudido aquella noche al rodaje. Tenían la azotea del Empire State para ellos solos hasta las seis de la mañana y era el único rodaje que harían en Nueva York.

En el spot que estaban a punto de rodar, el personaje de Sorcha conocía a su amante. ¿Cómo era posible que un hombre al que le gustaba tenerlo todo tan controlado no estuviera allí? El modelo que interpretaría a Zane, además de ser uno de los modelos más reputados del mundo, era un chico muy amable.

–Tienes que venir enseguida –escuchó Sorcha decir a alguien por el móvil a Romain–. Claire dice que necesita tu aprobación del traje de Zane... Además, si no empezamos en media hora, Simon dice que va a perder un momento de luz único.

Sorcha imaginó de pronto dónde y qué debía estar haciendo Romain, y se sintió estúpida. Un hombre como él debía estar acostumbrado a tener una mujer en cada ciudad. Lo que había pasado entre ellos dos en Irlanda no había sido más que una diversión más para él.

Al cabo de unos minutos, mientras Lucy estaba dándole los últimos retoques a su maquillaje, Romain apareció abrigado con una chaqueta larga y oscura.

Fue derecho hacia Dominic y Zane. Habló con ellos unos instantes y, tras hacer una consulta a Claire, se fue por donde había venido, no sin antes expresar su enfado.

–No volváis a molestarme de esta manera a no ser que sea por algo realmente importante.

Ni siquiera la había mirado. Ella había estado todo el día deseando verlo, sintiendo el estómago revuelto, echándolo de menos, y él ni siquiera se había molestado en mirarla ni en saludarla.

–¡Vaya! No parece que le haya hecho mucha gracia dejar esperando a su amante de esta noche –dijo Lucy.

–¿Qué? –preguntó Sorcha casi indignada.

–Bueno, apuesto lo que sea a que estaba con alguien antes de venir aquí –respondió Lucy.

Sorcha pasó el resto de la noche imaginando que Romain estaba con otra mujer, alabando sus ojos, su pelo, asegurándole que en la siguiente ocasión no los interrumpirían, seduciendo en algún lugar de aquella enorme ciudad a alguna mujer hermosa con las mismas herramientas irresistibles que había utilizado con ella.

Capítulo 9

LA NOCHE siguiente, al embarcar en el avión rumbo a su siguiente destino, India, Sorcha se aseguró de llegar con tiempo para poder sentarse sola. Los celos que la habían asaltado el día anterior en lo alto del Empire State la habían convencido, más allá de cualquier duda, de que no podía continuar de aquella manera, dejando que él controlara sus emociones con su sola presencia.

Aquella mañana, había intentado ponerse en contacto con su amiga Katie para verla un momento y charlar de todo lo que le estaba pasando. Necesitaba sus consejos, siempre tan realistas. Pero los horarios de ambas lo habían impedido y, al final, no habían podido coincidir.

Pensándolo bien, tal vez había sido lo mejor. Conociendo a Katie como la conocía, Sorcha sabía que le habría dicho que era una tonta, que lo que debía hacer era acostarse con él y disfrutar.

Sorcha se reclinó en su asiento y cerró los ojos para no tener que saludar ni hablar con nadie. Sobre todo con él.

Al cabo de un rato, sin embargo, sintió junto a ella una presencia familiar, y supo que, por mucho que lo intentara, no iba a ser tan fácil mantenerse alejada de aquel hombre.

El lugar elegido para el rodaje en India fue la maravillosa Ciudad de los Lagos, en Udaipur.

Mientras navegaban en dos pequeños botes hacia el palacio, donde rodarían al día siguiente, Sorcha comprendió por qué aquel lugar era considerado como el más romántico de Rajastán. El palacio, que emergía del lago como una aparición, parecía extraído de un cuento de las *Mil y una noches*, destacando contra el intenso cielo azul y el aire cálido.

Sorcha compartía un bote con Romain, mientras Simon y Dominic iban en otro detrás de ellos. Romain se había puesto, igual que ella, unos cómodos pantalones color caqui y una camiseta oscura que destacaba sus músculos y conseguía que Sorcha no dejara de mirarlo.

Había conseguido evitarlo durante el vuelo, y, después, durante la estancia en el hotel, cercano al lago. Pero no tenía fuerzas para ignorarlo por más tiempo. Rodeados de las ruinas de las antiguas culturas que se habían desarrollado al amparo de aquel hermoso lugar, Romain se le aparecía como una más de ellas, como la encarnación de algún dios lejano y desconocido que hubiera descendido a la tierra.

–Estuviste muy ocupado en Nueva York –le dijo Sorcha casi sin darse cuenta.

–¿Es una pregunta o una afirmación? –preguntó Romain, que respondió sin esperar su respuesta–. Sí, tuve mucho trabajo. Tengo varios proyectos en marcha al mismo tiempo, y sabía que Nueva York sería la última oportunidad en muchos días de ocuparme de ellos. ¿Me echaste de menos?

Sorcha intentó rebuscar rápidamente en su cabeza alguna respuesta ingeniosa y cortante con la que demostrarle lo molesta que estaba, lo mentiroso que era. Pero no encontró ninguna. Había perdido la capacidad de razonar. No era capaz teniéndole a su lado.

–Yo estuve trabajando hasta tarde –continuó él–. Hasta tuve que llevar a cenar a Maud. Te eché mucho de menos.

–No me dio esa impresión en el Empire State –replicó ella.

¿Qué demonios le pasaba? ¿Cómo había sido capaz de decir alo así?

Romain tomó su mano y la besó suavemente.

¿Cómo era capaz aquel hombre de hacerla olvidar siempre todo lo que la rodeaba con un solo gesto?

Al llegar al palacio, Simon y Dominic, que se habían adelantado y estaban esperándolos, ayudaron a Sorcha a bajar del bote y los cuatro se adentraron en aquel lugar de ensueño que había pasado, de ser el palacio real, a ser un hotel de lujo.

Estuvieron durante un rato paseando por el palacio, discutiendo los detalles del rodaje del día siguiente. Después, dieron vueltas cada uno a su aire y Romain buscó en seguida a Sorcha, que había desaparecido.

La encontró de nuevo en una de las terrazas del palacio, con sus pantalones caqui y su camiseta blanca de manga corta, inclinada hacia delante para ver mejor algo que le indicaba alguien del personal del hotel.

Estaba preciosa. Tenía que conseguirla cuanto antes, antes de que aquel deseo lo consumiera y lo volviera loco. No estaba acostumbrado a que una mujer le hiciera sentir de aquel modo. En realidad, sólo le había ocurrido en otra ocasión, siendo muy joven. En aquel momento, debido a su inexperiencia, no había sabido manejar la situación adecuadamente. Desde entonces, no había vuelto a cometer el mismo error. Y no volvería a cometerlo con ella. Una vez que hubiera saciado el deseo que lo impulsaba hacia ella, sería al fin libre para encontrar a otra mujer más adecuada, que no le hiciera sentir tan inseguro.

Sorcha se volvió como si hubiera sentido su presencia desde lejos y lo miró a los ojos sonriendo. Romain la observó. Aquella mujer lo deseaba. De eso estaba seguro. Sin embargo, había que manejar la situación con cuidado. Si lo hacía con demasiada brusquedad, o delante de otros, ella lo negaría y lo rechazaría en el acto. Romain se las arregló para que Simon y Dominic regresaran al hotel en uno de los botes mientras él y Sorcha permanecían algunos instantes más en el palacio. Sorcha los vio alejarse, siendo consciente de que Romain lo había hecho para quedarse a solas con ella.

–Quédate aquí a comer conmigo –propuso Romain.

La primera reacción de Sorcha fue volverse y decirle que no. Pero algo la contuvo. Romain, advirtiendo su reacción, se adelantó a su respuesta.

–No te preocupes –afirmó–. Prometo no hacer nada. Además, tienes que alimentarte.

Romain la tomó del brazo y la guió, por unas elegantes escaleras, hasta una terraza, donde estaban dispuestas las mesas de uno de los restaurantes más lujosos del palacio. Todo era de un refinamiento exquisito, con columnas por todas partes que transmitían la sensación de estar en un bosque frondoso pero lleno de luz. El agua del lago, de un azul intenso, podía verse desde la barandilla.

Se sentaron en una de las mesas y Romain ordenó una botella de champán al camarero.

–¿Te importa pedir otra cosa? –dijo Sorcha–. El champán me da dolor de cabeza.

Romain avisó al camarero contrariado y éste se acercó a la mesa.

–¿Qué quieres?

–Una cerveza, por favor –pidió Sorcha.

Romain miró el lago unos instantes. Allí estaba él, intentando seducir a una hermosa mujer en uno de los lugares más hermosos de la tierra, pidiendo una botella del champán más caro que pudieran tener y... ¿ella pedía una cerveza? Romain pensó en la última vez que había tomado una. Casi no lo recordaba. Y, en realidad...

–Dos cervezas, por favor –ordenó Romain.

–Oh, no tienes que pedir una cerveza sólo porque yo... –dijo Sorcha mirándolo una vez que se fue el camarero–. Además, no tienes pinta de que te guste la cerveza.

–¿De qué tengo pinta? –preguntó el inclinándose hacia ella.

«De un hombre que sabe cómo hacerle el amor a una mujer», pensó Sorcha.

–De un experto en champán y vinos de trescientos euros la botella –respondió Sorcha.

–Disculpa si no te he preguntado antes de pedir, pero, después de ver aquella noche en Nueva York cómo te bebías la mitad de una copa de champán de golpe, pensé que te gustaría.

–No, no me gusta mucho –puntualizó Sorcha–. Aquella noche, tenía una copa porque me la había dado mi amiga Katie. Maud nos había dicho que diéramos la imagen de estar divirtiéndonos por todo lo alto. Parece que beber champán es lo mejor que alguien puede hacer para aparentarlo.

–¿Es que no te estabas divirtiendo? –preguntó Romain mientras el camarero servía los dos vasos de cerveza.

Los dos bebieron un trago que, con el calor que habían pasado durante todo el día, les supo a gloria.

–Se me había olvidado lo bien que sabe... –dijo Romain–. Bueno, ibas a contarme por qué no te lo estabas pasando bien aquella noche en Nueva York...

–Bueno, ya viste el ambiente –empezó Sorcha–. Estábamos allí de adorno, de floreros, rodeadas por todas partes de ese tipo de personas que piensan que, por ser modelo, eres estúpida. Al principio, cuando empecé, me entusiasmaba estar en la misma sala que el alcalde de Nueva York, o estar cerca de la última estrella de cine... Pero, la verdad, es que aquella ilusión duró poco. Soy de Irlanda y, no sé por qué, tengo la extraña capacidad de saber cuándo alguien no es auténtico, cuándo es sólo fachada. La ilusión duró poco porque la mayoría de la gente es así, sólo fachada.

Romain se volvió para pedir otras dos cervezas y la miró de nuevo para seguir escuchándola.

–Estar aquí, bebiendo cerveza, me recuerda a un viaje que hice hace tiempo con mi amiga Katie –dijo

Sorcha–. Teníamos veintiún años. Habíamos tenido un rodaje en Nueva Delhi y decidimos pasar algunos días viajando por nuestra cuenta antes de regresar a casa. Nos alojamos aquí, en un pequeño hostal cerca del lago. Solíamos apoyarnos en la ventana, beber cerveza, observar a la gente y fantasear con que alguien nos invitaba a una cena espléndida.

Sorcha lo miró y se dio cuenta de la facilidad que tenía Romain para hacerla hablar. Con él, Sorcha parecía relajarse y dejarse llevar. A pesar de saber que no podía confiar en él.

–Si Katie pudiera verme aquí, ahora, haciendo realidad nuestro sueño de entonces... –dijo Sorcha sonriendo–. ¡Me mataría!

Romain le sonrió. Lo hizo con tanta naturalidad, con tantas ganas, que Sorcha se sintió cautivada.

–Me refiero a que si viera que, una vez aquí, me he atrevido a pedir una cerveza y que estoy vestida con una camiseta y unos pantalones como éstos... –dijo Sorcha–. Debiste haberla traído a ella.

–Ella no me interesa.

Un silencio que la hizo enrojecer se abatió sobre ellos.

–Dime –dijo Romain–. ¿Sois buenas amigas?

–Es mi mejor amiga –asintió Sorcha–. Ha estado a mi lado desde... –dijo Sorcha interrumpiéndose antes de desvelar más sobre su vida– Desde siempre. Nos conocemos desde pequeñas. Empezamos juntas en esto a la vez, cuando teníamos quince años.

Justo en ese momento, el camarero se acercó a ellos para servir la comida. Los entrantes consistían en diversas piezas de verduras asadas acompañadas de arroz. Como plato principal, Sorcha había pedido pescado a la plancha. Romain, un plato típico de la región, *khad khargosh*, una especie de conejo asado.

–¿Quieres probarlo? –le ofreció Romain.

–No gracias –respondió Sorcha–. Sólo de pensar en el pobre animalito...

–Pero no eres vegetariana –comentó Romain mientras empezaban a comer–. Aquel día, en Dublín, pediste un filete.

«Aquel día en que prácticamente salí huyendo del restaurante como si fuera una adolescente», pensó Sorcha.

–No suelo comportarme como lo hice aquel día –dijo ella.

Romain la miró y recordó la escena. La forma en que había abandonado el lugar le había afectado, pero la razón era importante. Sus insinuaciones sobre el centro de ayuda a la juventud la había tocado la fibra sensible.

En aquel momento, se había preguntado si Sorcha se habría reformado o si, en cambio, estaría ocultando sus antiguos vicios. A juzgar por los días que había pasado con ella desde entonces, la respuesta estaba clara. Se había comportado siempre con profesionalidad, dulzura y naturalidad. Nunca como una diva, algo habitual en las modelos de su categoría.

En realidad, había hecho honor a todas las buenas cualidades que su tía le había relatado la primera vez y que le había repetido durante la cena que había tenido con ella en Nueva York, mientras todo el equipo rodaba en el Empire State. Había sido terriblemente duro estar con su tía teniéndola a ella ocupando por entero su cabeza y sus sentidos.

–Está delicioso –dijo Sorcha.

–¿Verdad que sí? Si quieres, puedes decir a tu amiga Katie que bebiste champán... –dijo Romain guiñándole el ojo–. Yo te seguiré el juego.

Al escuchar aquel comentario, Sorcha sintió como si él estuviera creando artificialmente una complicidad que no existía, una maraña de bromas y fuegos artificiales sólo para seducirla y acostarse con ella.

Mientras el camarero retiraba los platos, Sorcha intentó repetirse a sí misma que debía detener aquello.

–Te debo una disculpa –dijo Romain cuando la mesa quedó vacía.

–Ah, ¿sí?

–Sí –respondió Romain–. Lo que dije aquel día sobre tu proyecto de ayuda a los jóvenes fue de muy mal gusto. No tenía ningún derecho a juzgarte. Y menos por algo así. Lo siento.

–Muchas gracias –dijo Sorcha inclinando levemente la cabeza–. Disculpas aceptadas.

–¿Te importaría hablarme de ello?

Sorcha se había prometido no hacerlo, pero, como le había sucedido desde que se había encontrado con él en Nueva York, no era capaz de ocultarle nada.

Romain observó las dudas de ella, la lucha interna en que se debatía para abrirse más a él.

–Cuando mi padre murió... –empezó Sorcha.

Romain asintió para invitarla a continuar.

–Estábamos muy unidos. Era mi mejor amigo. Hablábamos de todo. Me llevaba con él a todas partes. Murió de repente, sin previo aviso. Yo estaba en el instituto cuando recibí la llamada de mi madre. Mi hermano mayor estaba lejos...

Sorcha sintió que la resistencia caía y las emociones la dominaban.

–Dejé el instituto aquel verano, justo cuando a Katie y a mí nos ofrecieron trabajar en Londres. Allí tuve la desgracia de conocer a personas con malas intenciones. Sobre todo a uno que se llamaba Christian. Me sentía muy sola. No sabía cómo superar la muerte de mi padre. Sentía que no tenía un hogar...

Romain la miraba sin pestañear, sintiendo una enorme empatía hacia ella.

–Supongo que en ese momento nació la idea. Porque si, en aquel momento, hubiera tenido algún lugar a donde ir, un lugar donde pudiera estar a salvo, un lugar donde me escucharan y me aconsejaran, habría ido. Tal vez, de haber existido un lugar así, nunca habría...

Sorcha bajó la cabeza con los ojos llenos de lágrimas y Romain la tomó de la mano para darle fuerzas.

–¿Era Dominic una de aquellas personas con malas intenciones? –preguntó él.

–¿Cómo lo has...?

–En Dublín, él dijo que te conocía desde hacía mucho tiempo. No hay que ser muy listo.

–Sí –asintió ella–. Era amigo de Christian.

–¿Christian era tu amante?

¿Cómo podía decirle que no estaba segura?

–No –respondió–. Fue una tontería... Yo era muy inocente...

Romain pareció satisfecho con la respuesta y la miró a los ojos fijamente.

–Por eso te pusiste a estudiar psicología, ¿verdad? –dijo Romain–. Para poder trabajar en ese centro. Y pensar que te dije que no te habías interesado por ese proyecto... Lo siento mucho, Sorcha.

Capítulo 10

LA TRISTEZA que invadió a Sorcha en ese momento fue tan intensa, que sintió como si descendiera a un rincón muy remoto de sí misma para, desde allí, darse cuenta de que había bajado sus defensas y él había entrado sin dudarlo para descubrir el lado secreto y esencial de su vida.

Como si aquella conversación la quemara por dentro, Sorcha cambió de tema.

–Bueno, ¿qué hay de ti? ¿Cuáles son tus secretos? –preguntó recobrando el control–. ¿Por qué no te has casado nunca?

Romain se echó hacia atrás en su asiento como si hubiera recibido un golpe.

–En realidad, estuve prometido una vez...

–¿De verdad? –preguntó Sorcha, que no esperaba esa respuesta.

–Sí, fue hace mucho tiempo –respondió Romain–. Yo tenía dieciocho años. Fue mi primer amor. Un día, entré en su habitación y la encontré con mi hermanastro.

El rostro de Romain no mostraba ninguna emoción. Estaba frío, rígido, como si estuviera hablando de otra persona. Pero Sorcha sabía que el dolor iba por dentro, lo sabía porque también ella se había acostumbrado, durante mucho tiempo, a ocultar sus emociones.

–Lo hizo porque descubrió que mi hermanastro heredaría el título de duque y la mansión familiar, mientras que yo sólo sería conde –continuó Romain–. Además, él era mayor que yo, más rico y con más experiencia.

Romain recordó la amarga satisfacción que había sentido sólo dos años después de aquellos sucesos, cuando, gracias a su esfuerzo y al curso de los acontecimientos, tuvo el dinero y la influencia suficiente para vengarse comprando la mansión familiar. Su hermanastro había acudido entonces a él, suplicando ayuda.

–Lo siento, no pretendía que tuvieras que recordar de nuevo cosas tan...

–No te preocupes, fue hace mucho tiempo –dijo Romain con una sonrisa–. Hace años que conseguí olvidarla y, desde entonces, me he cuidado bastante de correr el riesgo de repetir de nuevo la experiencia.

Sorcha pensó que ésa debía ser la razón oculta que lo había llevado, desde entonces, desde aquella dolorosa historia, a tratar a todas las mujeres de la misma manera, a considerarlas únicamente bajo el prisma de la satisfacción de un deseo, manteniéndose a distancia de cualquier emoción.

–Bueno –dijo Romain transformándose en cuestión de segundos–, creo que ya hemos hecho demasiadas preguntas por hoy, ¿no te parece?

Sorcha asintió levemente.

–Veamos la carta de postres... –dijo Romain avisando al camarero.

Al cabo de un rato, tomaron de nuevo el bote y regresaron al hotel. La tensión entre ellos parecía haber disminuido. Tanto, que Romain, sintiéndose relajado, le contó a Sorcha divertidas historias sobre algunos diseñadores y estilistas que conocía, y ella estuvo riéndose toda la travesía.

–Entonces, ¿eres conde? –preguntó en cierto momento Sorcha, recordando la conversación que habían tenido en el restaurante–. ¿Debería llamarte Su Majestad el conde de Valois? –añadió sonriendo.

–Nunca he usado ese nombre –respondió Romain sin mucho entusiasmo–. Es un poco anticuado.

–Y un conde, supongo que tendrá una mansión en alguna parte, ¿no? –preguntó Sorcha de nuevo.

–Sí, claro –confirmó de nuevo Romain–. A lo mejor, si te hubiera contado esto cuando nos conocimos, podría haberte seducido más rápidamente...

Sorcha se echó a reír y Romain, que no se había sentido demasiado a gusto con las preguntas, no pudo más que darse cuenta de lo absurdo que era todo.

–Es encantador estar con una mujer que no siente el impulso de postrarse a mis pies cuando le digo que soy conde y que tengo una mansión.

Durante el resto de la travesía, a pesar del ambiente distendido que habían conseguido, se mantuvieron en silencio.

Al llegar a la orilla, Sorcha, muy educadamente, se despidió de él con un hasta luego y se dirigió al hotel.

Sorcha descansó un rato en su habitación del hotel. Intentó dormir la siesta, pero el copioso almuerzo del palacio y el recuerdo de la conversación con Romain se lo impidieron.

Al final, decidió vestirse y salir a dar una vuelta por las calles de alrededor. Entró en un pequeño templo hindú, donde contempló la magnífica decoración interior, con todas las deidades locales representadas en vivos colores. Un enjambre de niños la seguía a todas partes pidiéndola lápices y bolígrafos. Entró en el mercadillo del barrio, donde compró postales y algunos vestidos baratos.

Regresó al hotel, contenta de haber tenido unas horas para ella sola. Pero, al caminar por el pasillo que llevaba a su habitación, alguien la llamó.

–¡Sorcha!

Era Lucy, que ocupaba la habitación contigua.

–¿Pasa algo? –preguntó Sorcha, que no tenia ninguna gana de charlar con ella.

Al llegar a la puerta del dormitorio de la joven, Lucy la tomó por el brazo y la invitó a pasar.

–Lucy, por favor, estoy cansada...

–Entra, venga, tengo algo que seguro que te interesa.

Lucy cerró la puerta y Sorcha permaneció de pie. Al cabo de unos instantes, la joven se acercó con un pequeño papel envuelto que, al abrirlo, mostró un montoncito de polvos blancos.

–Mira, Lucy, no estoy en absoluto interesada en esto. Y tú también deberías hacer lo mismo.

–Oh, venga, no seas tan cuadriculada –dijo Lucy sonriendo–. ¿Qué va a pasar?

Sorcha sintió que no bastaba con negarse. Debía proteger a aquella chica a toda costa. Extendiendo la mano, le quitó a Lucy el paquete de las manos y se lo metió en el bolsillo trasero de sus pantalones.

–¡Eh! –exclamó Lucy airada.

–¿Cuántos años tienes, Lucy? –preguntó Sorcha observando aquella carita que no tenía pinta de haber consumido drogas en toda su vida.

–Veintiuno.

–Mira, si alguien te pilla con esto encima, sobre todo Romain... Te mandarán a casa en el primer avión que salga y nunca volverás a conseguir trabajo en este negocio. ¿Sabes lo que te haría la policía de aquí si te pillara con esto encima?

El rostro de Lucy palideció y Sorcha comprendió que Dominic se había aprovechado de su ingenuidad. Debía proteger a la chica, pero no asustarla.

–No me importa cómo has conseguido esto, aunque me lo imagino –dijo Sorcha en tono maternal–. Créeme, conozco a Dominic desde hace más tiempo del que quisiera. Por favor, acepta un consejo. La próxima vez que alguien te ofrezca drogas, no seas tonta y dile que no.

Sorcha salió de la habitación de Lucy y entró en la suya dispuesta a tirar el pequeño paquete de droga por el retrete. Dejó las bolsas con las cosas que había comprado en el mercadillo sobre la mesa y entró en el cuarto de baño. Pero, en ese momento, alguien llamó a la puerta. Sorcha volvió a meterse el paquete en el bolsillo trasero de sus pantalones y fue a abrir.

Era Romain. Sin que pudiera evitarlo, entró en su habitación y se detuvo en la puerta de cristal que daba a la terraza.

¿Qué estaba haciendo allí?

Sorcha podía sentir el trocito de papel en el bolsillo de sus pantalones como si, de pronto, pesara una tonelada.

–¿Puedo... puedo ayudarte en algo? –preguntó ella sintiéndose culpable y desorientada.

–Cierra la puerta –dijo suavemente.

Sorcha obedeció preguntándose si su presencia allí tendría algo que ver con la charla que acababa de tener con Lucy.

¿Se habría enterado? ¿Habría visto o escuchado algo?

–Ven aquí –dijo Romain.

Nerviosa, Sorcha se acercó a él con cautela.

–No hace falta que pongas esa cara –dijo él–. Te aseguro que te gustará tanto como a mí.

Sorcha se detuvo a los pies de la cama sin entender qué es lo que pretendía.

–¿Qué quieres? –preguntó Sorcha tímidamente.

Romain se acercó a ella despacio, mirándola fijamente.

–Te dije que en la siguiente ocasión no nos interrumpirían.

¿Se estaba refiriendo...?

–Te deseo.

Sí. Se estaba refiriendo a eso. Sin darse cuenta, se encontró entre los brazos de Romain, con sus pechos presionando su tórax, y sus labios unidos a los suyos.

La sorpresa fue tan grande, provocó un cataclismo tan inesperado dentro de ella, que se olvidó de todo lo demás. Cuanto más la besaba, más quería ella que siguiera haciéndolo, más deseaba que continuara, que no se detuviera ante nada, ni siquiera ante ella.

Sin dejar de besarla, Romain hundió sus manos bajo la camiseta de manga corta que ella llevaba puesta y empezó a recorrer su piel, sus pechos y su vientre.

Sorcha sentía tanto placer que apenas se dio cuenta de que una de las manos de él había descendido hasta su cintura y, desde allí, hasta su trasero.

Al advertirlo, su rostro palideció y todo su cuerpo entró en tensión, como si alguien hubiera derramado toneladas de hielo sobre ella. Cuando sintió que Romain se detenía en seco, Sorcha cerró los ojos y supo que su peor pesadilla acababa de hacerse realidad.

–Abre los ojos.

Sorcha obedeció y vio el rostro de Romain desencajado. Tenía el pequeño paquete en la mano y lo había abierto, revelando la droga que se escondía en su interior.

–Yo...

–No hay nada que puedas decir –dijo Romain furioso y desencantado–. Nada.

Sorcha permaneció en silencio, sintiendo cómo los ojos de él se clavaban en ella sin piedad. A pesar de que no había hecho nada reprobable, Sorcha era incapaz de reaccionar.

¿Qué podía decir para convencerlo de que estaba equivocado? No podía delatar a Lucy. Sólo era una joven ingenua que estaba empezando en aquel mundo. Además, defenderse de aquella acusación acusando a otra persona sólo haría que Romain se enfureciera más todavía.

Además, ¿qué tenía que perder? ¿Acaso no era aquello lo que él siempre había esperado de ella? ¿Le había dado alguna vez el beneficio de la duda?

Romain se sentía un estúpido por haber confiado en ella. Se sentía engañado, decepcionado. Y, a pesar de todo, teniéndola allí, delante de la cama, con sus pechos marcándose en la pequeña camiseta de manga corta, sus ojos azules brillando como si fueran dos faros en medio de una noche oscura y su piel blanca, percibía cómo su cuerpo reaccionaba y se excitaba.

–Ya sabes qué tienes que hacer con esto –dijo Romain arrojándole el paquete a la cara con desprecio.

Sorcha tenía ganas de llorar, de gritar, de estar sola. Con las manos temblorosas, se acercó a él, tomó el pequeño paquete que contenía la droga, entró en el cuarto de baño y lo tiró por el retrete.

El sonido de la cadena fue estremecedor, como si fuera el eco de su propio cuerpo.

Temblando todavía de nervios, regresó al dormitorio intentando encontrar las palabras adecuadas.

–Romain...

–No quiero oírlo.

–No es lo que tú...

–¿Piensas? –preguntó él riéndose con sarcasmo–. Qué original. Ahora entiendo la prisa que tenías por regresar al hotel. Por eso saliste a dar una vuelta, ¿verdad? Necesitabas una dosis. Dime, ¿conseguiste tú sola la droga o se la encargaste a alguien? Me gustaría saber cómo funcionan estas cosas. ¿O tal vez...?

–¡Ya basta! –exclamó Sorcha–. ¿Cómo sabes que...?

–¿Que saliste a dar una vuelta? –preguntó Romain–. Porque yo hice lo mismo y te vi, por casualidad, en el templo. Era encantador. Tú, allí, rodeada de niños, comprando postales... Todo muy tierno. ¡Qué idiota he sido! Y pensar que, durante todo el tiempo, estabas pensando en...

Romain se detuvo y la miró con desilusión, como si algo le hubiera golpeado muy fuerte.

–Te perdí de vista cuando entraste en el mercadillo –continuó–. Supongo que fue allí donde habías quedado para conseguir la droga.

–Te aseguro... que no es lo que piensas –dijo Sorcha.

–¿Me aseguras? Eso tiene gracia –dijo Romain–. Y pensar que aquel día, en Dublín, cuando me dijiste que nunca habías consumido drogas, estuve a punto de creerte... Y ahora, sólo media hora después de que me contaras lo importante que era para ti ayudar a los jóvenes, y toda esa historia, vas y...

Como si no fuera capaz de soportarlo más, Romain terminó la frase con una expresión en francés que Sorcha no entendió y se dirigió a la puerta de la terraza.

Sorcha lo observó de espaldas a ella intentando encontrar qué decir. Comprendía lo que debía estar pensando, las evidencias, las pruebas que parecían irrefutables... Entonces, Romain se dio la vuelta y la miró con los ojos desorbitados.

–¿Qué vas a hacer? –preguntó Sorcha asustada.

Romain se dio la vuelta y, como si estuviera fuera de sí, se dirigió a ella. Aterrorizada, Sorcha apoyó la espalda contra la pared, con la sangre agitándose dentro de ella, preguntándose si debía chillar pidiendo ayuda.

En ese momento, algo vino a su cabeza de repente.

–Sé por qué reaccionas así –dijo Sorcha sin pensarlo dos veces–. Sé lo que le pasó a tu madre.

Capítulo 11

ROMAIN se detuvo en seco, como si hubiera recibido una bala en el corazón. Con sólo ver sus ojos, que se habían vuelto dos piedras frías sin vida, Sorcha supo que había cometido uno de los mayores errores de su vida.

–¿Qué sabes tú?

Sorcha no encontró el suficiente valor para responder.

–Maud te lo dijo, ¿verdad? –preguntó de nuevo Romain–. Sólo ha podido ser ella. ¿Qué te dijo?

Romain se acercaba poco a poco a ella, y Sorcha, atrapada entre él y la pared, no era capaz de reconocer al hombre que tenía frente a ella. Se había transformado completamente. El hombre amable y seductor con el que había comido hacía unas horas, había desaparecido completamente.

–¿Te contó Maud que mi madre creció en Vietnam y fue adicta al opio desde niña?

Hipnotizada por la agresividad de su mirada, Sorcha sólo acertó a negar con la cabeza.

–¿Te contó Maud que pasó toda su vida luchando contra la devastación que le provocaba su adicción?

Sorcha volvió a negar con la cabeza al tiempo que su respiración se aceleraba a verlo acercarse cada vez más.

–¿Te contó que sólo fue capaz de prescindir de las drogas cuando se quedó embarazada de mí y de mi hermanastro? ¿Te contó que sus dos matrimonios fracasaron?

Romain se acercó tanto a Sorcha que ella podía sentir su respiración. Quería suplicarle que parara, que la estaba asustando. Pero no le salían las palabras.

–¿Te contó que yo sólo tenía diecisiete años cuando la encontré muerta de una sobredosis en el cuarto de baño?

Romain tomó la cabeza de Sorcha entre sus manos, impidiendo que pudiera moverse o decir cualquier cosa. La miró atravesándola con sus ojos grises, como si quisiera destrozarla por dentro sin tocarla.

Entonces, él la besó con agresividad, introduciendo su lengua en la boca de ella y haciendo que Sorcha supiera, más claramente de lo que nunca había sabido, que él podía hacer con ella lo que quisiera, que estaba en sus manos.

Al cabo de unos instantes, Romain se apartó con un terrible gesto de desprecio y la observó de arriba abajo. Podía ver el miedo de ella reflejado en su rostro, lágrimas de angustia cayendo por sus mejillas. Podía escuchar la respiración entrecortada, los pechos de Sorcha hinchándose intermitentemente. Pero lo único que despertaban esos signos en él era satisfacción. Quería hacer sufrir a aquella mujer que se había atrevido a meterse donde nunca debió haberlo hecho.

–Me has preguntado qué voy a hacer... Pues bien. A partir de ahora, saciaré mi deseo contigo siempre que me plazca.

–¿Quieres decir...que... no me vas a enviar de vuelta? –tartamudeó Sorcha.

–En absoluto –respondió Romain con una sonrisa cruel–. A estas alturas, sería muy costoso. Además, no podría soportarlo.

Romain acarició sus mejillas con las yemas de sus dedos y se acercó aún más a ella.

–Vas a terminar el trabajo, querida –afirmó Romain–. Pero, a partir de ahora, serás mía. Estarás a mi servicio.

Romain abandonó la habitación dando un portazo, no sin antes avisarla de que debía estar preparada a las cinco de la mañana del día siguiente.

En un estado de extraña tranquilidad, que sabía perfectamente que se debía al estado de shock en el que se encontraba, Sorcha se tumbó en la cama hecha un ovillo, como protegiéndose del mundo exterior.

Sus pensamientos retrocedieron y empezó a pensar en cómo habían sido sus relaciones con los hombres. Se dio cuenta de que, desde que era una adolescente, siempre había reaccionado con frialdad y distanciamiento cuando un hombre intentaba tener relaciones sexuales con ella. En más de una ocasión, la habían llamado estrecha y frígida.

¿Por qué había tenido que ser él, un hombre como Romain, el primero que la hiciera sentir el deseo dentro de su cuerpo? ¿Por qué? Sorcha se sintió como si le hubieran echado una maldición. La maldición de sentir pasión por un hombre con el que nunca podría conseguir la intimidad y confianza que ella deseaba. ¿Cómo podría ser de otra manera cuando él no hacía más que juzgarla? Nunca podría confiar en él tanto como para contarle lo que le había sucedido ocho años atrás, aquello que había cambiado su vida para siempre, aquella espiral de sucesos que habían terminado por envolverla en los turbios círculos del mundo de la moda y las pasarelas.

Aunque no podía culparlo por lo que acababa de suceder, Romain parecía haber sacado de su interior todos los prejuicios que había ido acumulando durante las últimas semanas. Había sido como si él hubiera esperado con expectación que algo así sucediera.

Sorcha volvió a escuchar las palabras de Romain justo antes de abandonar su habitación. «Saciaré mi deseo contigo siempre que me plazca». En realidad, él nunca había tenido que esforzarse mucho para encender el deseo dentro de ella. Él lo sabía, y ella también.

Sin embargo, ¿cómo podría acostarse con alguien como él? ¿Cómo hacerlo si ni siquiera tenía la confianza suficiente como para decirle que era virgen? Siempre había imaginado que su primera vez sería algo muy romántico, íntimo y delicado. Que abriría su corazón completamente como no lo había hecho nunca, ni siquiera con Katie o con su hermano, las dos personas que más quería en el mundo. Con Romain, nunca sería así. Como ella siempre había deseado.

Sorcha hundió su cabeza en la almohada como si, haciéndolo, pudiera impedirle a su mente seguir pensando. Pero fue inútil.

Iluminada por la tenue luz del amanecer, sintiendo el suave tacto de la seda acariciando sus piernas, Sorcha surgió lentamente tras el tronco de una frondosa palmera. Junto a ella, las piedras ancestrales que daban forma a la terraza del palacio se reflejaban en las aguas cristalinas de una piscina, mezclándose con los intensos colores de las plumas de un pavo real.

Delante de ella, esperándola, estaba su amante, vestido con un elegante esmoquin. Sorcha avanzó despacio, con su vestido agitándose por la delicada brisa que soplaba desde el lago, y se detuvo frente a él. Su amante la rodeó con sus brazos y la besó.

–¡Corten! –exclamó Simon–. ¡Perfecto! Perfectos los dos. Lo repetiremos una vez más y luego empezará Dominic.

Sorcha sonrió amablemente a Zane y ambos se separaron para volver de nuevo a la posición de inicio.

Después de pasar toda la noche en vela, a Sorcha le había parecido casi un milagro que Lucy, a pesar de no haberle dicho ni dos palabras seguidas, hubiera sido capaz de maquillarla y dejarla tan hermosa. Y aunque la entristeció que la joven reaccionara así, lo comprendió. El que ella quisiera protegerla no quería decir que ella fuera a entenderlo.

Sorcha se dirigió de nuevo a la palmera sin hacer el menor intento de girarse para buscar a Romain entre el equipo. Pero sabía que estaba allí. Observándola. Con un gesto de autoridad reflejado en su rostro.

Sólo eran las seis y media de la mañana. Sorcha pensó en lo difícil que iba a ser aquel día.

A mediodía, con el sol brillando en lo alto del cielo, Romain estaba al borde de la desesperación, como un león dando vueltas en una jaula. Ver a Sorcha aquella mañana, iluminada por la luz del amanecer, con aquel vestido, que era casi indecente, había puesto a prueba toda su resistencia. Y, para colmo, ella ni siquiera lo había mirado.

Romain volvió a mirarla. Llevaba un vestido de seda plateado con una larga cola que se deslizaba delicadamente detrás de ella. Un diamante, sujeto en el escote del vestido, lucía como un faro, llamando la atención de todos los presentes.

Aquello era más de lo que cualquier hombre podía soportar. La excitación de Romain iba aumentando por momentos y no podía hacer nada para sofocarla.

¿Cómo había sido capaz, el día anterior, de marcharse de la habitación sin hacerla suya? ¿Cómo había sido capaz, después de haberla noqueado al decirle que, a partir de ese momento estaría a su servicio? ¿Cómo había dejado pasar una oportunidad así?

Todo había pasado muy deprisa. Descubrir aquellos polvos blancos en su pantalón, darse cuenta de que, durante todo aquel tiempo, le había estado mintiendo, le había descolocado. Después, la insinuación de ella acerca de su madre, había conseguido que perdiera por completo los nervios.

En cierto sentido, lo que más odiaba de aquella mujer era que, a pesar de todo, siguiera teniendo la capacidad de excitarlo. En realidad, lo sucedido el día anterior sólo había conseguido avivar más su deseo.

Después de comer, volvieron a preparar el plató para Dominic. Sorcha sabía que, casi con toda seguridad, Lucy le habría contado al fotógrafo lo sucedido el día anterior. ¿Cómo reaccionaría él? Durante toda la mañana, se había mostrado muy frío con ella, casi agresivo.

Estaba tan sumida en aquellos pensamientos que, de pronto, no se dio cuenta de que Dominic había conseguido quedarse a solas con ella detrás de una de las palmeras.

–¿Por qué tuviste que entrometerte? –preguntó Dominic sujetándola del brazo–. No es asunto tuyo.

–Por supuesto que es asunto mío –contestó Sorcha–. ¿Estás dispuesto a destrozarle la vida a una chica que es todavía una adolescente?

–En la cama no es ninguna adolescente –respondió Dominic con una sonrisa malévola–. Aunque, la verdad, me gustaría mucho más acostarme contigo. Christian me ha contado unas cosas sobre ti...

Al escuchar de nuevo aquel nombre, algo en el interior de Sorcha volvió a agitarse.

–Vamos, Sorch... Sólo un beso.

Dominic la atrajo hacia él e intentó besarla.

–¡No! ¡Dominic!

–Venga... –dijo Dominic–. No seas estrecha...

Dominic empezó a besarle el cuello mientras Sorcha intentaba deshacerse de él, sintiendo una enorme repugnancia.

De pronto, alguien empujó a Dominic brutalmente a un lado.

–Éste no es ni el momento ni el lugar –afirmó Romain–. Volved al trabajo, que para eso os pago.

Dominic se alejó acobardado.

–Ya hablaremos tú y yo de esto más tarde –le dijo Romain.

¿Se había creído Romain de verdad que ella se estaba besando con aquel salvaje?

Aquella tarde, a las siete en punto, Sorcha salió del ascensor del hotel para asistir a la cena. Se había vestido con el traje tradicional de la región, un *salwaar kameez*, se había recogido el pelo y se había puesto sus gafas. No quería despertar el deseo de nadie.

Pero para Romain, eso era imposible. La vio acercarse y todo su cuerpo entró en tensión. No podía más. Debía ser aquella misma noche. Aquella noche la haría suya. La haría pagar por todo.

Al acercarse a la mesa, Sorcha vio un asiento libre junto a Val, el estilista, y se dirigió hacia allí. Pero Romain, que no había apartado ni un minuto la mirada de ella, se interpuso y, tomándola de la mano, la invitó a sentarse junto a él. Sorcha no quería montar una escena, de modo que accedió.

Sin embargo, al ver que, al otro lado, estaba sentado Dominic, Sorcha, tragándose su orgullo, rompió el silencio que había mantenido durante todo el día.

–Por favor, no quiero sentarme a su lado –le murmuró al oído.

Romain asintió sin mirar al fotógrafo y se sentó entre él y Sorcha.

Media hora después, sirvieron los platos. Pero Sorcha, después de todo lo que había pasado aquel día, no tenía mucho apetito.

–Vamos, mujer, tienes que probarlo –dijo Romain–. No has tomado nada en todo el día.

–¿Acaso te importa? –le preguntó Sorcha.

–En realidad no –respondió Romain–. Sólo lo decía porque deberías tomar fuerzas para lo que va a pasar esta noche.

Sorcha se quedó pálida, como si la sangre hubiera dejado de correr por sus venas.

–¿Qué te pasa, Sorch? –preguntó Val, que estaba sentado frente a ella–. Estás muy pálida. ¿Tienes fiebre?

–No –respondió Sorcha–. Es sólo que estoy cansada.

–Vaya –comentó Val señalando a Romain con la cabeza–. Veo que Romain marca bien su territorio.

–¿A qué te...? –intentó preguntar Sorcha.

–¡Oh! Vamos –la interrumpió Val–. Desde el primer día ha dejado muy claro que tú eras suya.

Val tomó la mano de Sorcha por debajo de la mesa.

–Sólo quiero lo mejor para ti –dijo Val–. Tú no eres como el resto de las mujeres con las que él suele estar. He visto a muchas de ellas destrozadas después de que él las abandonara.

–Val...

–Sólo me preocupo por ti –añadió el estilista–. No quiero verte sufrir.

«Demasiado tarde», pensó Sorcha.

Entonces, sin que apenas nadie lo advirtiera, Sorcha se levantó con elegancia. En un acto reflejo, Romain la sujetó.

–¿Qué estás haciendo? –preguntó Sorcha.

–¿Adónde te crees que vas? –dijo Romain.

–Al servicio, ¿puedo?

A regañadientes, Romain la soltó y la siguió con la mirada.

Cuando regresó, Sorcha se sentó de nuevo y se inclinó hacia él.

–Estoy cansada. Me gustaría ir al hotel a descansar.

Al menos, tenía que intentarlo.

–No te irás a ningún sitio hasta que yo lo diga –respondió Romain.

–¿Es que soy tu prisionera? –preguntó Sorcha.

–No –respondió Romain–. Hay otra palabra que podría describir mejor lo que tú eres.

La respuesta dejó a Sorcha paralizada.

Una hora después, fueron a un local cercano a tomar unas copas y escuchar música.

El equipo se estaba divirtiendo, bebiendo y fumando sin parar. Excepto Romain, que se mantenía sobrio y equilibrado como siempre, atento a todo. Sorcha se sentía ridícula viendo como todos, menos ella, disfrutaban. Junto a la máquina de discos, Dominic y Lucy bailaban muy pegados.

Sorcha empezó a notar que toda la sala le daba vueltas. Necesitaba salir de allí como fuera. Dijera lo que dijese Romain.

–Romain, quiero irme –dijo Sorcha levantándose–. Me duele mucho la cabeza.

Romain sujetó su mano para detenerla.

En ese momento, la canción que estaba sonando terminó abruptamente. En los breves segundos que pasaron hasta que empezó la siguiente, el local quedó momentáneamente en silencio y la voz de Dominic, que estaba hablando con Lucy, se escuchó en voz alta, con toda claridad, por encima de las demás.

–No puedo creer que esa estúpida te quitara la droga y te soltara un sermón. ¿Quién se ha creído que es? Me sorprende que no fuera corriendo a chivárselo todo a...

Dominic no se dio cuenta de que todo el local lo había escuchado.

Romain se quedó sin habla.

Con millones de lágrimas a punto de estallar, Sorcha se sacudió la mano de Romain y abandonó el local.

Capítulo 12

SORCHA, por favor, déjame entrar.

De pie, en medio de la oscuridad de su habitación, Sorcha intentaba recuperar la respiración después de haber recorrido el camino desde el local hasta el hotel corriendo.

–Sorcha, sé que estás ahí –repitió Romain–. Como no me abras la puerta, la echaré abajo.

Era capaz de hacerlo. Podía notarlo por la intensidad de su voz. Sorcha se dirigió lentamente hacia la puerta preguntándose qué estaría rondando por la cabeza de él. ¿Habría cambiado de opinión respecto a ella después de haber oído a Dominic?

Con el corazón en un puño, Sorcha abrió la puerta y Romain entró con decisión, confundiéndose sus pantalones y su camisa oscuros con la penumbra que llenaba la habitación, dándole un aspecto más poderoso y más masculino que nunca.

–¿Por qué?

Por un momento, Sorcha no entendió la pregunta, como si no la hubiera escuchado bien.

–¿Por qué lo hiciste? –volvió a preguntar Romain–. ¿Por qué la protegiste?

Sorcha lo miró. ¿Había realmente cambiado de opinión?

–Yo... –respondió Sorcha intentando encontrar las

palabras, sintiéndose desamparada entre él y la cama, que parecía acechar detrás de ella como un enemigo a la espera de su presa.

–Sorcha, por favor, dime por qué la protegiste –insistió Romain–. ¿Por qué no me dijiste que la droga era de Lucy?

–Lo siento... –intentó responder Sorcha–. Yo sólo...

Romain se acercó despacio, lo cual hizo que los nervios de ella aumentaran aún más.

–Después de todos los prejuicios y comentarios que habías hecho sobre mí, pensé que no me creerías –acertó a decir Sorcha–. Además, no quería implicar a Lucy. Sólo es una niña.

–No puedo creer que me dejaras pensar que... –dijo Romain– ¿Por qué no te defendiste?

Las inesperadas palabras de Dominic, en medio del silencio repentino del local, todavía resonaban en la cabeza de Romain. Después de que Sorcha abandonara corriendo el local, se había acercado a ellos para increparlos. Pero, había bastado con mirarlos a ambos a los ojos para saber la verdad. De pronto, todos los acontecimientos de los últimos días habían empezado a encajar.

–Admítelo, Romain –contestó Sorcha alejándose de él–. Descubrir droga entre mis cosas era una posibilidad que nunca habías dejado de considerar como probable.

Romain reconoció que era cierto, a regañadientes, sintiendo con la cabeza.

–¿Lo ves? –continuó ella–. Sabía perfectamente que no me creerías, dijera lo que dijera. A ti te bastaba con lo que habías visto. ¿Qué habría pasado si hubiera acusado a Lucy, una joven inocente, sin experiencia? Habría sido peor aún. Habrías pensado que estaba utilizando a alguien inocente, que no podía defenderse, para salvarme yo.

Romain pensó que Lucy, de inocente, no tenía nada.

–Lucy es sólo una chica inocente y alocada que se ha dejado influir demasiado por Dominic –dijo Sorcha–. Sabes que en este negocio, eso pasa continuamente. ¿Qué vas a hacer con ellos?

–No tienen disculpa –contestó Romain–. Dominic será despedido en el acto. En cuanto a ella, dado que, gracias a ti, no llegó a consumir nada, le daré la oportunidad de seguir con nosotros o marcharse. ¿Te parece bien?

–Creo que es justo –respondió Sorcha–. La persona problemática es Dominic no ella. Espero que esto le haya servido a Lucy de lección.

–Cuando aquel día, en Dublín –dijo Romain acercándose de nuevo a ella–, me dijiste que nunca creería que en la vida habías consumido drogas...

–Sigues sin confiar en mí, ¿verdad?

–¿Qué pasó entonces en Londres hace ocho años? –preguntó Romain.

Sorcha sintió como si el enorme agujero negro donde había ocultado sus recuerdos durante los últimos años se abriera de nuevo y la remontara al pasado.

–Ya te conté lo que sucedió cuando murió mi padre...

Romain asintió invitándole a continuar, al tiempo que se acercaba poco a poco a ella.

–No te conté todo.

Romain la miraba sin desviar la mirada, como si no existiera en el mundo otra cosa que ella.

–Cuando murió mi padre –empezó Sorcha–, encontré mi partida de nacimiento por casualidad y descubrí que la persona que durante toda la vida había pensado que era mi madre... en realidad no lo era.

Al fin lo había soltado. Y Romain permanecía allí, atento, acercándose cada vez más, tanto que casi podía sentir ya su respiración.

–Descubrí que mi madre biológica había sido la secretaria de mi padre, que era irlandesa, y no española –continuó Sorcha–. Descubrí que murió en el parto. Antes de morir, cuando el hospital le preguntó quién era su pariente más cercano, ella dio el nombre de mi padre, ya que no le quedaba ninguna familia. Fue entonces cuando la esposa de mi padre se enteró.

Sorcha parecía transportada a otro tiempo, a otra época, como si la habitación y cuanto la rodeaba hubieran dejado de existir.

–Después de tener a mi hermano mayor –continuó Sorcha–, a la esposa de mi padre le habían dicho que no podría tener más hijos. De modo que, cuando descubrió lo sucedido, pudo más su deseo de tener otra hija que la rabia por haber sido engañada por mi padre, y decidió aceptarme como si fuera hija suya.

–¿Y qué pasó entonces aquel día en Londres, cuando los fotógrafos te descubrieron inconsciente en la calle?

–Aquel día... –contestó Sorcha como si las palabras le hicieran daño al salir de su boca–. Aquel día toqué fondo.

Sorcha volvió a retroceder en el tiempo.

–Como ya te conté, después de la muerte de mi padre me sentí desorientada, confusa, sola, casi huérfana. A pesar de todo el apoyo y el consuelo que me dio mi amiga Katie. ¿Puedes imaginarte lo que es descubrir que la persona que siempre has creído que era tu madre, en realidad no lo es? Había pasado toda mi vida pensando que era medio española y medio irlandesa, cuando, visto ahora, fríamente, había una diferencia abismal entre mi hermano y yo.

Sorcha tomó aliento y continuó. Ya no podía parar.

–Quería encontrar desesperadamente algo a lo que agarrarme, alguien que me sostuviera, que me diera unas nuevas señas de identidad. Así fue como empecé a relacionarme con lo peor de la industria. Así fue como conocí a Christian. Katie quiso advertirme, pero yo no la escuché.

–¿Qué pasó...?

–Una noche, estábamos en casa de otra modelo celebrando una fiesta. Todos se estaban divirtiendo mucho. Pero yo, a pesar de la enorme necesidad que tenía de volver a pertenecer a algo, me había empezado a dar cuenta de lo peligroso que era el mundo donde me había metido. Cuando me daban una copa, yo hacía como que me la bebía, pero en realidad tiraba el contenido por ahí y luego hacía como si estuviera ebria como los demás. Cuando me ofrecían drogas, yo me excusaba siempre diciendo que estaba cansada, o que me dolía la cabeza, o que en ese momento no me apetecía. Aquella noche, oí cómo Christian le contaba a un amigo una historia acerca de una chica con la que había conseguido acostarse echándole una pastilla en la copa que estaba bebiendo.

Sorcha hizo una pausa para reunir las fuerzas suficientes para terminar de rememorar aquella pesadilla.

–En ese momento, supe que tenía que salir de allí.

Pero, como si Christian hubiera adivinado mis intenciones, se acercó a mí y me ofreció una copa. Lo hizo de tal forma que no me dejó opción a decirle que no. No podía escapar. Me tomé la copa y enseguida empecé a marearme, a sentir que la cabeza me daba vueltas, que perdía la noción de cuanto me rodeaba. Quería llamar a Katie, pero no podía moverme...

Sorcha, inesperadamente, empezó a recuperar las fuerzas. Como si el hecho de contar aquella historia que había tenido escondida durante tanto tiempo le estuviera sirviendo de catarsis.

–Cuando desperté, Katie estaba junto a mí en el dormitorio de aquella casa y yo estaba hecha un desastre, demacrada y desorientada. Todavía no sé cómo, consiguió cargar conmigo, sacarme a la calle y llamar a una ambulancia. Desgraciadamente, meses antes una modelo muy joven había muerto en aquel mismo lugar a causa de una...

–Recuerdo el caso.

–Eso había provocado que aquella casa estuviera siempre vigilada por grupos de paparazzi. En el tiempo que tardó en llegar la ambulancia, me hicieron las fotos que después salieron publicadas en las revistas y en los periódicos.

Sorcha guardó silencio unos instantes y observó a Romain detenidamente.

–Y ésa es la triste y sucia verdad sobre lo que ocurrió –terminó Sorcha–. Y todo porque, por aquel entonces, yo era joven y demasiado inocente...

–No –apuntó Romain antes de que ella terminara la frase–. Simplemente, eras una chica normal que estaba desorientada y que se vio presionada de pronto por circunstancias muy difíciles. Lo que tiene mucho valor es que, a pesar de todo, siempre permaneciste fiel a ti misma.

Sorcha, liberada por la confesión, sintió ganas de llorar. Pero, antes, abrió el cajón de la mesilla de noche, sacó un botecito de pastillas y se lo enseñó a Romain.

–Pastillas homeopáticas para la irritación de la piel –dijo Sorcha–. Las necesito siempre que estoy en lugares muy cálidos. Esto, y una aspirina de vez en cuando, son las únicas drogas que he tomado en mi vida.

Romain tomó el bote de pastillas y lo miró como si en él pudiera encontrar la disculpa que estaba buscando.

–Sorcha...

–No pasa nada, no te preocupes...

–No, no está bien –insistió él–. Si hubiera sabido todo esto...

–No podías saberlo, yo no quise contártelo –dijo Sorcha.

Romain la miró desconsolado y extendió su mano lentamente buscando el pelo de ella. Empezó a acariciarlo, a enredar sus dedos dibujando formas, hasta sentir que la excitación volvía a tomar el control de su cuerpo.

Le quitó las gafas sin darle tiempo a ella a impedirlo y las tiró a un lado. Después, con la otra mano, empezó a acariciarle la espalda, a descender despacio por aquella piel blanca y suave como si fuera un barco llegando a puerto.

Sorcha intentó pararlo sujetándole las manos, pero fue peor aún. Al hacerlo, sintió la suave piel de él transpirando deseo por todos los poros.

–¿Qué estás haciendo? –murmuró Sorcha.

Romain respondió atrayéndola hacia él, haciendo que todo cuanto la rodeaba desapareciera sin dejar rastro.

–¿Qué estás haciendo? –volvió a preguntar Sorcha, aún más nerviosa.

Romain respondió de nuevo del mismo modo, haciendo que sus cuerpos quedaran unidos por completo. Ni una brizna de aire hubiera podido pasar entre ambos.

–Ayer te dije que estarías a mí servicio... Lo dije para castigarte. Pero, ahora, es distinto. Te deseo, Sorcha.

Antes de que pudiera decir algo, Romain la besó y, súbitamente, todo lo que había sucedido a lo largo de las últimas semanas, el deseo, la furia, la frustración, la excitación, todo lo que había ido acumulando, se concentró en sus labios, confundidos con los de él.

Después de tantas semanas, en las que su mente había intentado controlar a su cuerpo, hacer que reaccionara y se comportara según sus dictados, su cuerpo se había rebelado. No atendía a razones.

–Oh... –susurró Sorcha

Como si fuera una respuesta, Romain la tomó entre sus brazos y la tumbó delicadamente sobre la cama, iluminada únicamente por la luz de la luna que se filtraba a través de las puertas de la terraza. Ante ella, Romain se desabrochó lo botones de la camisa y se la quitó, dejando al descubierto su tórax desnudo. Sorcha no podía dejar de mirarlo.

–Ahora tú –dijo Romain–. Quiero verte.

Sorcha dejó que Romain le quitara suavemente el

salwaar kameez que llevaba. Quedó desnuda de cintura para arriba, salvo por el sujetador negro, que se alzaba como un muro sobre su piel blanca como la leche.

Él empezó a recorrer su vientre con las yemas de sus dedos, subiendo poco a poco hasta llegar a la base del sujetador, presionando levemente sus pechos mientras volvía a besarla.

Sorcha había entrado en un mundo nuevo, completamente desconocido. Un mundo en el que se sentía insegura. Tenía ganas de gritar, pero no sabía si de placer o de miedo.

Romain empezó a besarle el cuello, bajando despacio hacia sus pechos, llenándola de calor.

Sorcha sabía que, si seguía, si le dejaba continuar, estaría completamente perdida, que se entregaría completamente a aquel hombre en aquel mismo instante.

Luchando contra la voluntad de su propio cuerpo, Sorcha intentó detenerlo empujándolo con las manos, pero parecía inútil. Su boca seguía buscando la boca de él. Sus pechos reaccionaban al tacto de sus dedos endureciéndose, invitándolo.

Tenía que hacerlo... Tenía que detenerlo cuanto antes...

–¡No! –exclamó Sorcha–. ¡Romain! ¡Por favor!

Capítulo 13

QUÉ OCURRE?

Romain estaba desconcertado, como si hubiera despertado de repente de un sueño.

Sorcha se escurrió como pudo y, poniéndose de nuevo la parte de arriba del vestido, se sentó en la cama, con el pelo alborotado, mirándolo.

Romain intentó acercarse a ella, impulsado por el deseo que ardía dentro de su cuerpo.

–¡No me toques! –exclamó Sorcha.

Lo dijo con tal pánico en sus ojos, con un tono tan desesperado, con tal temblor en sus manos, que Romain se quedó petrificado. Cuando pudo reaccionar, se inclinó hacia la mesilla de noche y encendió una pequeña lámpara.

–Lo siento... –murmuró ella–. No puedo hacer esto... contigo.

Romain no entendía nada. ¿Qué ocurría con él? ¿Acaso con otro sí? La sola idea de imaginarla en brazos de otra persona le hizo estremecerse de celos.

–¿Qué quieres decir? –preguntó–. Si no es conmigo, ¿con quién? No veo que te atraiga nadie que no sea yo.

Él tenía razón. Y ella lo sabía. Nunca había sentido algo así por nadie más. Romain la había seducido completamente.

–Es sólo que no puedo...

Sorcha lo vio levantarse de la cama, con la camisa abierta mostrando su pecho, y apoyarse en la puerta de cristal que daba a la terraza.

–¿Por qué, Sorcha? –preguntó volviéndose hacia ella–. Por favor, dime por qué.

Desde donde estaba, ella podía ver los ojos confundidos y llenos de preguntas de Romain mirándola fijamente. Era una mirada difícil de soportar.

–¿Por qué tienes que saberlo todo sobre mí? –replicó ella–. ¿Es que no puedes ayudarme y dejarme en paz?

Romain se acercó a ella lentamente, para no asustarla, y se sentó al borde de la cama.

–*Dites moi pourquoi?* –preguntó de nuevo Romain, esta vez en francés.

Sorcha desvió la mirada. Nadie había llegado nunca tan dentro de ella, a los sentimientos que siempre había guardado en secreto. Pero, algún dios poderoso parecía haber decidido que, aquella noche, ella tendría que entregarse a aquel hombre, de una manera o de otra.

–Porque... nunca he hecho esto antes –susurró Sorcha–. Ni siquiera sé... si soy virgen.

Lágrimas amargas brotaron con melancolía de sus ojos. ¿Qué iba a hacer él ahora? ¿La abandonaría asustado por la revelación? Sorcha cerró los ojos, como si, de ese modo, estuviera aceptando de forma sumisa la reacción de él.

–Sorcha –dijo Romain suavemente–. Por favor, abre los ojos.

Ella obedeció y vio su rostro deformado por las lágrimas, como si estuvieran en el fondo de un enorme océano.

–¿Qué quieres decir con que no sabes si eres virgen o no? –preguntó.

Pero no reaccionó. Seguía allí, mirándolo, sin decir nada.

–Te haría mucho bien confesarte con alguien –insistió Romain acercándose un poco más.

Las palabras de él parecieron sacarla de su postración, como si hubiera ascendido de nuevo a la superficie. Tenía razón. Antes o después tendría que hacerlo. ¿Por qué no en ese momento? ¿Por qué no sincerarse con el primer hombre que la había hecho conocer el verdadero deseo?

–Aquel día, en Londres, conseguí llegar al hospital gracias a Katie –empezó Sorcha–. Pero yo estaba medio drogada, casi inconsciente, y no recordaba bien nada de lo que había ocurrido. Nunca he sabido si Christian, o algún otro,...

Sorcha se interrumpió para mirarlo, para observar su reacción. Pero Romain permaneció inmutable, como si no la hubiera oído.

«Al menos, no se ha ido», pensó.

Entonces, Romain se levantó de la cama y empezó a deambular pensativo por la habitación. No podía culparlo. Aquello debía haber sido una sorpresa para él. Era posible, incluso, que él pensara que todo era mentira, que sólo era una artimaña para librarse de él.

–Lo siento –dijo ella levantándose también de la cama–. Debería habértelo dicho antes de que las cosas hubieran llegado tan lejos.

Sintiéndose a salvo entre la penumbra de la habitación, Romain intentaba conciliar el deseo desbocado que sentía hacia aquella mujer con lo que ella acababa de decirle. Había pasado mucho tiempo, muchos años, desde la última vez que había antepuesto los sentimientos de alguien a sus propias necesidades. ¿Qué podía hacer? ¿Qué debía hacer?

Se acercó a ella de nuevo hasta estar muy cerca. Parecía tan vulnerable y débil. En aquel momento, sería capaz de hacer cualquier cosa con ella.

–Sorcha, siento lo mal que lo has pasado –dijo Romain acariciándole la mejilla–. Lo siento de verdad, porque parte de ese dolor ha sido por mi culpa. Por favor, no te preocupes más por todo y descansa.

Romain le dio un beso en la mejilla y se dirigió hacia la puerta de la habitación.

Sorcha lo observaba sin apartar la mirada, como si se hubiera quedado sin voluntad, como si él le hubiera quitado el corazón y se lo hubiera llevado. Sintió la necesidad de sentirlo a su lado, la terrible certeza de que, si dejaba que se fuera, nunca podría regresar a la vida real.

–Romain... –murmuró Sorcha.

Él se dio la vuelta, ya con la mano en el picaporte, y la miró.

–¿No quieres hacerme el amor? –preguntó Sorcha.

–No hay nada que desee más –respondió Romain, sin moverse.

–Entonces, no te vayas.

–Sorcha...

–Por favor, Romain, no te vayas –dijo Sorcha, casi suplicando–. Te neccsito. Necesito... que me hagas...

Antes de que Sorcha terminara la frase, Romain había recorrido la distancia que los separaba, como si un imán se hubiera lanzado contra su polo opuesto. La había tomado entre sus brazos y la había besado.

Él podía sentir el cuerpo de ella temblar contra el suyo, pero, después de todo lo que le había contado, quiso asegurarse.

–Sorcha... ¿Estás segura de esto?

–Nunca he estado más segura de algo en toda mi vida –respondió Sorcha pasando su mano por la nuca de él y atrayéndole con fuerza para obligarle a besarla.

Ya no había vuelta atrás. Incendiados por la pasión, ambos empezaron a quitarse la ropa con urgencia, como si les estuviera quemando.

Mientras se desabrochaba la camisa, Romain no dejaba de mirarla, de mirar cómo ella se estaba librando de la parte de arriba del traje que llevaba, de mirar cómo lo arrojaba a un lado y se quedaba sólo con su sujetador negro destacando sobre su piel blanca como la luna.

Romain la tendió en la cama y la quitó el sujetador con una facilidad pasmosa.

–Confía en mí –dijo Romain tumbándose sobre ella–. No va a dolerte.

Sorcha asintió varias veces con la cabeza, como para convencerse a sí misma. Las palabras de él habían conseguido tranquilizarla un poco, pero no conjurar la certeza de que aquello no se parecía, ni remotamente, a como lo había imaginado. ¿Dónde estaba el hombre sensible, cariñoso, amable y gentil de sus sueños? ¿Qué había hecho con él aquel hombre insaciable y voraz que le había dado la vuelta a toda su vida en unos pocos días?

Sorcha intentó dejar de pensar y lo besó mientras él le desabrochaba los pantalones del traje y los deslizaba por sus piernas con los ojos iluminados, como si estuviera desenvolviendo un regalo.

Sorcha no paraba de besarlo, de enredar sus dedos entre el pelo de él, como si quisiera evitar que se alejara. Romain se quitó los pantalones y los echó a un lado junto con sus bragas. Estaba tan entregada, tan pendiente de lo que iba a pasar, que ni siquiera se había dado cuenta de cómo se las había quitado.

Sus cuerpos se tocaron completamente y el calor que ambos sentían empezó a envolverlos. Romain recorrió con sus manos los pechos turgentes y erguidos de ella, su estómago, sus caderas, hasta llegar a sus muslos, que presionó con sus dedos como intentando darles forma.

Sorcha echó la cabeza hacia atrás, posándola sobre la almohada, entregándose al pequeño terremoto que empezaba a notar en su vientre, a la suavidad con que él empezó a descubrir sus secretos más ocultos.

–Oh... Romain...

Las yemas de sus dedos avanzaron despacio entre paredes de terciopelo e iniciaron un imperceptible movimiento que provocó ondas de superficie que recorrieron el cuerpo de Sorcha, que iba perdiendo poco a poco la consciencia, el último punto de apoyo que le quedaba con el mundo real.

Cuando el movimiento de los dedos de él se hizo más ostensible, más acompasado, Sorcha no pudo soportarlo más y empezó a temblar, a agitarse, a entregarse a los espasmos que ascendían con violencia desde su vientre.

Y, cuando parecía que su cuerpo se iba a quebrar, la calma la invadió, el mundo encontró el equilibrio que había perdido y creyó encontrarse en el paraíso terrenal.

Romain tomó su mano delicadamente y, guiándola, recorrió su propio cuerpo, bajando poco a poco, para enseñarla el punto donde se concentraba todo su deseo.

–¿Ves lo qué provocas en mí? –murmuró él sonriendo.

Sorcha sostuvo su miembro con adoración mientras lo miraba fijamente. La sangre volvió a hervir en sus venas, a recorrer su cuerpo en espirales suicidas. Como si ya no fuera ella quien dirigiera sus movimientos, abrió las piernas invitándolo y él, como un huésped agradecido, se tumbó sobre ella y la besó con ternura, preparándola para lo que estaba a punto de pasar.

Fue casi imperceptible, como la ruptura de un cristal hecho de pétalos de rosa. Romain la besaba y Sorcha, con las piernas rodeándolo y las manos unidas en la espalda de él, se abría para dejarlo entrar.

Romain fue entrando poco a poco, notando una suave resistencia que venció con infinita paciencia. El dolor que Sorcha había sentido fue disipándose, como ahogado en la saliva de sus besos, hasta dejar únicamente la sensación de estar deshaciéndose, de estar rompiéndose en mil pedazos.

Romain dejó de besarla para mirarla, para mirar su rostro entregado, sus ojos semiabiertos, sus labios húmedos. Con las manos de ella arañándole la espalda y sus piernas apresándolo, ambos notaron un estallido en lo más profundo, como si el planeta hubiera explotado. Pero no pudieron escucharlo, porque sus gritos ahogaron el sonido.

Sorcha abrió los ojos lentamente y los suaves rayos del sol le dieron los buenos días. No podía moverse. Todo su cuerpo estaba como inerte, como desprovisto de toda vida. Nunca, en toda su vida, se había sentido así. Era un estado de plenitud y de paz inconmensurable, indescriptible.

Abrió un poco más los ojos y lo vio a él, desnudo, durmiendo abrazado a ella, con una mano sosteniendo uno de sus pechos.

Sorcha empezó a pensar en las últimas semanas, en la cadena de acontecimientos que les había llevado hasta aquella cama. Y, mientras lo miraba, rememorando en su interior la atracción y el rechazo que había despertado él en ella aquella primera noche en Nueva York, se dio cuenta de que algo en su interior había ocurrido. Que aquello no era un romance cualquiera.

Estaba enamorada.

Sólo él, en ocho años, había conseguido llegar hasta lo más profundo de sus emociones. Sólo él había permanecido a su lado, dándole seguridad para que ella pudiera renacer de sus cenizas, enfrentarse a los fantasmas que la habían perseguido durante ocho años, y salir victoriosa.

Sorcha acarició el rostro de él con sus manos y lo besó con toda su alma, como si, de esa manera, pudiera transmitirle todo lo que estaba sintiendo.

De pronto, como si estuviera poseído por un demonio, Romain se incorporó. Sin mirarla, se levantó de la cama y entró en el cuarto de baño.

Sorcha se quedó mirándolo sin entender nada, aún con el recuerdo de la noche anterior dando vueltas en su cabeza, imaginándoselo en la ducha, desnudo, con el agua corriendo por su cuerpo.

«Pero, ¿qué estás haciendo? ¿Es que no te das cuenta de lo que está pasando?», se dijo a sí misma. No le había dicho ni las más mínima palabra cariñosa, ni el menor gesto de ternura. Nada. Y ella estaba allí, fantaseando con la noche anterior, construyendo castillos en el aire, fabricando amor.

¿Es que tenía algún derecho de exigirle algo? Él había conseguido lo que desde el principio se había propuesto, llevarla a la cama. Ahora que ya había saciado su deseo, todo sería diferente. Eso era todo.

Sintiendo una insoportable angustia, Sorcha se vistió a toda prisa, y se dirigió a la puerta para salir de aquel lugar cuanto antes.

–¿Adónde vas? –preguntó Romain.

Capítulo 14

SORCHA se detuvo y se volvió hacia él sonrojada, como si la hubiera descubierto haciendo algo muy secreto. A excepción de la toalla que llevaba en la mano, estaba completamente desnudo.

–Necesito que te vayas –dijo ella intentando no mirarlo–. Tengo planes para hoy. Además, hay que hacer las maletas, pronto saldremos para España.

Sorcha le vio vestirse poco a poco en silencio, observó cómo su cuerpo desaparecía debajo de la ropa. Parecía tranquilo, como si no hubiera ocurrido nada excepcional la noche anterior, como si estuviera acostumbrado a ese tipo de cosas, como si las hiciera todas las noches.

Al ver que había terminando de vestirse, Sorcha agarró el picaporte y se dispuso a abrirle la puerta. En ese momento, Romain se acercó a ella y, sin que pudiera evitarlo, la besó, haciendo que el cuerpo de ella recordara los millones de universos de placer distintos por lo que había viajado durante horas.

Pero fue un beso frío, distante. Sorcha pensó que Romain se comportaba como si, a pesar de todo cuanto le había confesado la noche anterior durante horas, para él sólo hubiera sido sexo.

–Como siempre, tengo que ir a Madrid el primero

para organizarlo todo –dijo él mirándola–. Voy a ir en mi jet privado. Ven conmigo.

Sus palabras, frías como el hielo, le convencieron un poco más de que Val, el estilista, tenía razón. Ella sólo era un romance más en su lista, algo de lo que terminaría cansándose antes o después.

–No, gracias –respondió Sorcha–. Prefiero ir con todo el equipo.

Romain sabía que, si insistía, podría hacer que cambiara de opinión. La deseaba, la quería a su lado, pero, de pronto, un pensamiento cruzó por su cabeza y dejó cualquier otra cosa en segundo plano.

–Ayer no usamos protección –dijo Romain.

Sorcha vio la expresión de pánico en el rostro de él y se maldijo a sí misma por haber sido tan estúpida como para haberse dejado llevar de aquel modo, por no haberle puesto freno.

–Bueno, asumo que no tienes ninguna enfermedad venérea –dijo ella–. Por lo demás, acabo de empezar con el periodo. Así que... no tienes nada de qué preocuparte.

–Eso son buenas noticias –replicó Romain–. Y, por supuesto, no tengo ninguna enfermedad venérea –añadió muy digno.

Sin decir ni hacer nada más, sin un beso, o una palabra tierna, Romain abrió la puerta y salió de la habitación.

Al fin sola, Sorcha se sentó con la espalda apoyada en la puerta y pasó varias horas preguntándose cómo había sido tan ingenua.

Sentado en el asiento de cuero de su jet privado, con una copa de whisky en la mano, mientras la pista del aeropuerto se hacía cada vez más pequeña, Romain miraba por la ventanilla sintiéndose ajeno a todo y a todos.

A todos excepto a ella.

Se sentía todavía abrumado por la enorme confianza que ella había puesto en él la noche anterior, la forma en que Sorcha le había abierto su corazón y le había revelado todo el sufrimiento que había vivido los últimos ocho años, lo duro que había sido para ella sobrevivir a la vorágine de acontecimientos que él mismo había contribuido a crear. Y después, al final de aquel torrente de palabras y recuerdos, descubrir que era virgen, que él había sido la primera persona con la que ella se había acostado.

Sin embargo, aquel beso que ella le había dado al despertarse lo había transformado, como en un cuento de hadas perverso. Por un lado, le había asustado la desesperada necesidad de volver a hacer el amor con ella, la certeza de que aquella noche de pasión no había conseguido mitigar el deseo que le dominaba. Por otro lado, algo en el rostro de ella le había transportado muchos años hacia atrás en el tiempo, a un tiempo en que él había estado en el lugar de Sorcha, entregado a otra persona de forma incondicional.

Romain bebió un trago de whisky intentando descubrir por qué le era tan difícil olvidarla. Por qué no era capaz de controlar sus emociones como siempre hacía. Por qué no dejaba de pensar en volver a acostarse con ella.

La plaza mayor de Madrid estaba tomada por una multitud que observaba el rodaje con curiosidad.

El equipo, agotado por el largo viaje en avión y el jet-lag, estaba repitiendo por última vez la secuencia en que Sorcha y Zane bailaban un vals en medio de la plaza. Sorcha miraba a su alrededor, discretamente, buscando a Romain, con la terrible sensación de que él estaba en aquellos momentos con otra.

–Perfecto chicos, hemos acabado. Podéis ir a descansar todos. Mañana, a mediodía, salimos para París.

Sorcha respiró aliviada. La atmósfera dentro del equipo había mejorado ostensiblemente desde la marcha de Dominic. Tras la conversación que Romain debía haber tenido con ella, Lucy había decidido quedarse. Incluso se había disculpado con Sorcha personalmente.

Después de darse un baño en el hotel de lujo en que estaban alojados y vestirse con un alegre vestido de flores multicolor, Sorcha, con una guía turística bajo el brazo, se echó a la calle con la esperanza de disfrutar el resto de la tarde de la ciudad y no atormentarse con preguntas imposibles de responder.

Estaba tan absorta leyendo que, al salir del hotel, no se fijó en el coche que estaba detenido en la acera, ni en el hombre que, sentado en el asiento de atrás, la observaba.

Romain ordenó al conductor que la siguiera despacio, a cierta distancia. Notaba en su interior sentimientos contradictorios. Parecía que habían pasado años desde la última vez que la había visto en India. Y, sin embargo, el sólo movimiento de sus caderas, la manera en que se agitaba el vestido, estaba consiguiendo soliviantarlo de nuevo.

Por otro lado, no estaba acostumbrado a perseguir a las mujeres, a seguirlas en secreto. En toda su vida, había estado con toda clase de mujeres. Algunas de ellas habían sido más hermosas, más atractivas y más experimentadas que Sorcha. ¿Qué le ocurría con ella? ¿Por qué conseguía que se comportara como un loco enfermo, persiguiéndola por las calles en secreto?

Romain sintió vergüenza de sí mismo y, con toda la fuerza de voluntad que tenía, ordenó al conductor que detuviera el coche. Sorcha dio la vuelta a la esquina y desapareció de su vista.

Sin embargo, a las pocas horas, cuando la oscuridad se extendió sobre la ciudad, Romain no pudo soportarlo más y regresó al hotel. Subió hasta la habitación de Sorcha y llamó a la puerta, pero nadie respondió.

Inquieto, maldiciéndose a sí mismo por no haberla seguido aquella tarde, bajó al vestíbulo, pidió una copa de whisky y se sentó a esperarla.

Tuvo que esperar poco tiempo. A los pocos minutos, la vio cruzar las puertas giratorias y entrar en el vestíbulo camino de la recepción. Pero no estaba sola. La acompañaba un hombre alto, moreno y atractivo. Sorcha parecía estar divirtiéndose mucho. No hacía más que sonreír y mirar al apuesto desconocido.

Dominado por los celos, Romain se levantó sin pensarlo dos veces y se dirigió hacia ellos.

–Romain... –dijo Sorcha al verlo acercarse.

El hombre que la acompañaba la tomó del brazo y miró a Romain con desconfianza.

–Sorch –dijo el desconocido–, ¿me presentas a este tipo que me está mirando como si quisiera matarme?

–Romain de Valois –dijo Sorcha–, te presento a Tiarnan Quinn...mi hermano.

Al tiempo que notaba cómo todo su cuerpo se relajaba, Romain se sintió como un estúpido. ¿Cómo podía no haberle reconocido? Tiarnan Quinn era uno de las personas más poderosas y multimillonarias del mundo. Un hombre hecho a sí mismo dedicado a la fusión y adquisición de compañías financieras a lo largo y ancho del planeta. En efecto, era muy distinto a ella.

¿Por qué no le había dicho Sorcha quién era su hermano? Normalmente, la gente que conocía a personas tan poderosas como Tiarnan no perdía un solo segundo en contárselo a todos, en presumir de ello. Sorcha, por el contrario, ni siquiera le había dicho su nombre. Y eso que era su propio hermano.

Los tres se sentaron en una mesa y los dos hombres se presentaron mutuamente. Sorcha los observó hablar entre sí, demostrarse el uno al otro, discretamente, su ascendencia, su poder, su capacidad de controlar y seducir a los demás. Si no hubiera sido una situación tan tensa, Sorcha la habría encontrado cómica.

Al cabo de un rato, Tiarnan se excusó y, despidiéndose de su hermana con un abrazo, se fue.

Sin esperar ni un solo momento, Sorcha, sin decir una palabra a Romain, se levantó y se dirigió a los ascensores.

Él la siguió.

Las puertas se cerraron y quedaron confinados en un espacio tan reducido que no era posible seguir ignorándose. Sorcha se dio cuenta e intentó mentalizarse para que él no advirtiera la excitación que provocaba en ella.

De improviso, Romain pulsó el botón rojo de *stop* y el ascensor se detuvo bruscamente.

–¿Qué estás...? –preguntó ella mirándolo.

Sin poder terminar la frase, Sorcha se encontró, casi sin darse cuenta, entre sus brazos. Inclinándose sobre ella, Romain la besó apasionada pero suavemente, derribando el muro que ella había intentado construir para evitar aquella situación. Sorcha sintió los labios de Romain saboreando los suyos y supo que ya no podría seguir controlándose.

Sin pensar en lo que estaba haciendo, Sorcha le quitó violentamente la chaqueta, le desabrochó la camisa y los pantalones con desesperación, buscando el contacto de su piel con urgencia, como si fuera vital para su existencia, como si no pudiera seguir viviendo sin tocarla.

Romain respondió de la misma manera, hundiendo sus manos bajo su chaqueta, desabrochándola y arrojándola al suelo sin reparar en nada más, buscando su sujetador como si acabara de atravesar un desierto infinito y estuviera sediento. Cuando al fin vio sus pechos, se lanzó hacia ellos sin reparar en nada más. Con las piernas temblando, Sorcha le agarró el pelo y apoyó la espalda contra la pared del ascensor para no derrumbarse.

En ese momento, a través de sus párpados medios cerrados, Sorcha se vio reflejada en el espejo, con el vestido por los tobillos, el rostro incendiado por la pasión, la ropa de él por el suelo... La imagen la horrorizó.

–¡Para! –exclamó–. No puede ser...

Romain la miró con los ojos desorbitados sin comprender qué ocurría. Sorcha sentía la excitación por todo su cuerpo, la humedad entre sus piernas. Si Romain no se detenía, lo único que tendría que hacer para conseguir lo que quería sería quitarle las bragas, alzarla contra la pared y no detenerse.

–¿Por qué? –murmuró él frustrado–. ¿Es que no te das cuenta de que los dos deseamos lo mismo?

Con su propio cuerpo protestando, Sorcha se apartó de él y empezó a vestirse.

–Ya te lo he dicho –dijo excusándose–. No podemos. Tengo el periodo.

Romain empezó también a vestirse, pasándose la mano por el pelo para poner un poco de orden. Al hacerlo, se dio cuenta de que, en cierto modo, el que ella hubiera detenido aquel arrebato de pasión, había sido providencial. Aquella mujer lo volvía tan loco que había vuelto a olvidarse de usar un preservativo.

–Sí, tienes razón –dijo Romain mintiendo, simulando una calma que no sentía.

Cuando terminaron de vestirse, Romain pulsó otra vez el botón y el ascensor empezó a subir de nuevo.

Todo había terminado, pero lo que acababa de suceder era suficiente para que Romain se diera cuenta de que no podía seguir permitiendo que aquella mujer pasara a través de su autocontrol y de sus defensas con tanta facilidad. Quería recuperar su vida, la tranquilidad de la distancia, eliminar de una vez aquella inseguridad, aquella necesidad de tenerla a su lado.

El ascensor se detuvo y, cuando las puertas se abrieron, Sorcha salió del ascensor sin decir una sola palabra ni mirarlo. Romain dejó que se alejara y las puertas del ascensor volvieron a cerrarse.

Capítulo 15

MUY BIEN. Ahora míralo como si lo amaras de verdad.

Sorcha se esforzó cuanto pudo en obedecer las instrucciones, en mirar los ojos azules de Zane con deseo. La calle, en medio del centro de París, estaba llena de extras y de curiosos.

Pero, lo único que veía era los ojos grises de Romain, su presencia absoluta al otro lado de la calle.

–Muy bien. Ahora, Zane, tómala entre tus brazos y bésala.

Con una elegante profesionalidad, Zane siguió las instrucciones. Mientras el modelo la besaba, Sorcha se imaginó que no era Zane, sino Romain quien lo estaba haciendo.

Al otro lado de la calle, Romain observaba la escena desde un monitor. Ya había sido suficientemente difícil para él contemplar durante horas cómo Sorcha y Zane hablaban entre sí, cómo se abrazaban, cómo se acariciaban. Pero verlos besarse... aquello era superior a sus fuerzas.

Olvidándose de por qué estaban allí, que sólo se trataba de un trabajo, que todo el proyecto había sido idea suya, Romain se dispuso a cortar la escena cuando Simon se le adelantó.

–¡Perfecto! ¡Corten!

Todo había terminado. Aquel había sido el último rodaje. El equipo estaba alegre, satisfecho, recogiendo las cosas. Sorcha, Zane y el estilista desaparecieron en dirección al hotel donde estaban alojados.

–¿Te vas a quedar a la fiesta de mañana? –preguntó Val–. Será estupenda. Además, proyectarán un primer montaje de todo el material.

Sorcha negó con la cabeza. No estaba dispuesta a permanecer ni un día más de lo estrictamente necesario. Se sentía incapaz de hacerlo. Además, debía regresar a Irlanda para estar presente en la inauguración de centro de ayuda a la juventud, que tendría lugar dos semanas después.

–No –respondió Sorcha–. Quiero regresar mañana temprano a Dublín.

–¿Entonces las cosas entre vosotros no...?

–No –respondió Sorcha antes de que Val pudiera finalizar la pregunta.

Una vez en su habitación, Sorcha se sintió tan cansada que se dio una ducha y pidió algo de comida al servicio de habitaciones. No quería hacer nada. Sólo comer algo y descansar.

Estaba poniéndose una toalla alrededor de la cabeza cuando alguien llamó a la puerta.

Confiada en que sería el personal del hotel con la comida, Sorcha abrió la puerta vestida sólo con el albornoz.

Allí estaba él. Mirándola fijamente con una mano en el bolsillo de sus pantalones vaqueros y la otra apoyada en la puerta.

–Lo siento –dijo Sorcha–. Estoy esperando al servicio de habitaciones y después quisiera descansar. Así que, si no te importa...

–Por supuesto –respondió Romain.

Pero, en lugar de irse, entró en su habitación alegremente, como si no hubiera escuchado nada de lo que le había dicho.

–Te he pedido que te fueras –dijo ella luchando contra sus instintos, contra el impulso que la invitaba a arrojarse en sus brazos.

–Te echo de menos, Sorcha.

–Hemos estado cuatro días en París y no nos hemos visto –replicó ella–. Si me echabas tanto de menos, podrías haberme llevado a cenar, en lugar de irte con Solange Colbert.

–¿Quién te ha dicho eso?

–Romain, por favor, no me tomes por tonta. Es una de las modelos francesas más famosas del mundo. Ha salido esta mañana en todas las revistas. Y con fotografías y todo.

–Mi relación con ella no es de tu incumbencia –dijo Romain.

–Por supuesto que no lo es.

Romain avanzó hacia ella lentamente.

–No te acerques –dijo Sorcha retrocediendo.

–¿Por qué? ¿No confías en ti misma? –preguntó sin detenerse.

–No seas tan arrogante. Confío completamente en mí misma. Pero no quiero las sobras de otra mujer.

–¿Y si te dijera que no pasó nada?

–No te creería.

–En ese caso, cree lo que quieras.

–Por supuesto que creeré lo que quiera –afirmó

Sorcha–. Y ahora, por favor, aléjate de mí –añadió al borde de la cama.

–No he podido estar contigo todos estos días porque he tenido mucho trabajo.

«Mentiroso. Lo que has intentando es alejarte de mí. Ahora vuelves porque no has podido conseguirlo», pensó Sorcha.

–No tienes que disculparte –apuntó ella–. No me importa.

–Solange me llamó ayer y me pidió que nos viéramos –continuó Romain como si no la hubiese oído–. Y yo accedí. ¿Sabes por qué?

Sorcha empezaba a estar nerviosa. Romain estaba prácticamente pegado a ella, podía sentir su respiración y el calor de su cuerpo. Estaba tan cerca que, sólo con extender su brazo, podría tocarla.

–Porque no puedo pensar en otra cosa que no seas tú. Estás en mi cabeza, en mi corazón, en mi cuerpo, en todas partes, a todas horas. Es como una enfermedad. Nunca nadie me había hecho sentir esto.

–Pues... lo siento mucho por ti.

Romain se acercó aún más, deteniéndose a sólo unos centímetros de ella.

–Pero ¿sabes? –dijo Sorcha retrocediendo–. Yo no lo siento. No soy responsable de nada. Te dije desde el primer día que no quería este trabajo, que no quería nada de esto. Pero tú insististe, no podías dejarlo estar, no, tenías que salirte con la tuya, como siempre. No quise que sintiéramos esta atracción ni te pedí que te acostaras conmigo. Ya está bien, ya he tenido suficiente. Ya me he cansado de que nunca sepas lo que quieres.

–¿Qué has dicho? –preguntó Romain sorprendido.

Sorcha advirtió un cambio en la mirada de él y retrocedió un poco más. Debía seguir hablando, eso la protegería de las ganas que sentía de arrodillarse frente a él y pedirle que la hiciera suya, que le hiciera el amor.

Pero ni una sola palabra salió de sus labios. En su lugar, un pesado silencio se abatió entre ellos dos.

De pronto, con un movimiento rápido y furioso, Romain desató el nudo del albornoz y Sorcha quedó desnuda, con sus pechos turgentes excitados y esperándolo.

Romain la atrajo hacia él y le sujetó las manos. Sorcha empezó a temblar, a estremecerse, a sentir el deseo entre sus piernas.

–Sé perfectamente lo que quiero –dijo Romain–. Te quiero a ti. *Et maintenant, je n'en peux plus* –añadió en francés.

Sorcha abrió la boca para responderle, pero fue en vano. Él la había atrapado con sus labios y había empezado a besarla. Por un momento, pensó en parar aquello, en detenerse y alejarse de él, pero entonces sintió el tórax de él contra sus pechos, la excitación de sus pezones, la toalla que llevaba puesta en la cabeza cayendo sobre el suelo de la habitación y haciendo que su pelo mojado se derramara sobre su espalda, y supo que sólo deseaba su cuerpo.

Con un ágil movimiento de sus dedos, Romain le quitó el albornoz. Sorcha quedó desnuda frente a él, consciente de su encendida desnudez, como una ofrenda a aquel dios que le había enseñado, por primera vez en su vida, los secretos del placer.

Romain empezó a acariciar su cuerpo como si fuera de su propiedad, deteniéndose en cada curva, observando las reacciones de ella, alzándose ante ella con orgullo. Sorcha lo miraba sabiendo que sólo él podría darle la satisfacción que necesitaba.

De pronto dejó de besarla y, con furia contenida, empezó a pasar sus labios por el cuello de ella, descendiendo poco a poco hasta llegar a sus pechos, que saboreó con fruición. Las piernas de Sorcha empezaron a temblar. No podía seguir manteniéndose en pie. Estaba a punto de derrumbarse.

–Por favor... Romain... por favor... –suplicó Sorcha con la voz rota.

–Por favor, ¿qué?

–Déjame... Por favor... –susurró.

–Eso nunca.

Romain la tomó en brazos y la tendió sobre la cama. Mientras ella lo miraba impotente, como si él le hubiera robado la voluntad, como si fuera su esclava, Romain empezó a quitarse la ropa frente a ella lentamente, estudiando las reacciones de ella, intentando provocar en ella la mayor excitación posible.

Cuando estuvo completamente desnudo frente a ella, Sorcha se quedó como hipnotizada. Romain le mostró un preservativo, lo abrió despacio, impacientándola, y se lo puso delante de ella. Sorcha creyó que iba a volverse loca si él no la poseía cuanto antes, si no se abalanzaba sobre ella y la hacía suya, completamente suya.

Abrió los brazos como suplicándole, como diciéndole que ya no podía más, y él entró en aquella dulce prisión que estaba aguardándole. Sintió las piernas de ella rodeándolo y sus labios saboreando sus labios.

Con la fuerza de un huracán, Romain entró dentro de ella. Los ojos azules de Sorcha parecieron cambiar de color. Se apretó con más fuerza aún contra él, mordiéndole los brazos, arañándole la espalda sin piedad. Estaba completamente en trance.

Y, entonces, el cuerpo de ella empezó a contraerse, obligándole a penetrar todavía más. Los espasmos eran tan violentos que el propio Romain empezó a temblar.

Al llegar al clímax, ambos estallaron en un grito de liberación.

En ese momento, Romain no sólo se dio cuenta de que había sido el mejor orgasmo de su vida, sino que, todas las certezas que había tenido sobre la vida hasta aquel momento, acababan de desaparecer.

–Romain, tengo que irme a Dublín. Tengo cosas que hacer allí.

Sorcha miraba las ajetreadas calles de París a través de la ventana con todo el cuerpo temblando, marcado aún por la intensidad del placer que habían compartido durante toda la noche.

Como si ambos se hubieran puesto de acuerdo, habían preferido no hablar de cosas demasiado personales. Después de hacer el amor, habían vuelto a llamar al servicio de habitaciones. Habían comido y bebido evitando los temas sensibles. Después, habían vuelto a hacer el amor hasta quedarse dormidos.

Mientras la rosada luz del amanecer entraba en la habitación, Sorcha, de pie junto a la ventana, escuchaba a Romain vestirse detrás de ella.

El sexo había cambiado todo entre ellos. Había

vuelto a Romain más frío y distante. Ya no quedaba nada de aquel destello de ternura, de confianza y de intimidad que habían compartido aquel día en India, comiendo juntos frente al lago. Él había conseguido lo que se había propuesto desde el principio, hacerla suya. Antes o después, se iría y nunca más volvería a verlo. Y, aunque sabía que a ella le resultaría muy doloroso hacer lo mismo, no le quedaba otra alternativa.

Romain se acercó por detrás y, apartándole con delicadeza el pelo, besó suavemente su cuello.

–Tienes que venir a la fiesta –dijo–. Todos estarán esperando que vayas.

–Romain, yo...

–Sorcha, oficialmente, el trabajo aún no ha terminado. No hasta que termine la fiesta.

–¿Me estás ordenando que vaya? –preguntó Sorcha odiando que él tuviera que ser siempre tan cabezota, que no fuera capaz de decir las cosas con cariño.

–Si quieres irte, vete –dijo Romain–. Pero todo el mundo desea que vayas.

Sorcha se odió a sí misma al darse cuenta de que volvería a ceder. Y no por saber que todos esperaban verla, sino porque eso significaría estar un día más con él.

–Está bien –accedió ella–. Supongo que no pasará nada por quedarme un día más. Aprovecharé para ir a ver una exposición que vi anunciada ayer.

–Bien –asintió Romain satisfecho–. Pasaré por aquí a las siete.

–No te molestes, puedo ir con...

–Pasaré por aquí a las siete –insistió.

Romain la besó, abrió la puerta de la habitación y se fue.

Agradeciendo la oportunidad de quedarse sola, Sorcha se acercó de nuevo a la ventana y toda la tensión que había acumulado a lo largo del día anterior fue saliendo de su cuerpo lentamente, como si fuera un gas que hubiera estado confinado en un espacio diminuto y estuviera escapando.

Capítulo 16

POCO antes de las siete de la tarde de aquel día, de pie de nuevo junto a la ventana, Sorcha disfrutaba de la engañosa calma que precede a la tormenta. La tormenta que alejaría a Romain de su vida para siempre. Después de aquel día, nunca volvería a disfrutar de su compañía, nunca volvería a sentir aquel deseo tan embriagador.

Llamaron a la puerta y Sorcha la abrió para encontrarse con él. Nunca lo había visto tan atractivo. El esmoquin negro que se había puesto le recordaba aquella remota noche en Nueva York. Sorcha se sentía igual que entonces, como si fuera la primera vez que lo viera.

–Tengo que ponerme los zapatos y nos vamos –dijo ella.

Se sentó en la cama y se los puso sintiendo la mirada de él sobre ella, una mirada fría y extraña.

–¿Qué pasa? –preguntó–. ¿Tengo algo en la cara?

Sorcha se miró en el espejo y Romain, acercándose por detrás, la abrazó por la cintura.

–¿Sabes lo increíblemente hermosa que eres?

–Romain... –murmuró Sorcha enrojeciéndose–. Sé que, gracias a la naturaleza, soy guapa y muy fotogénica. Pero, créeme, hay millones de mujeres más hermosas que yo.

–Tú eres la mujer más hermosa que jamás he conocido –respondió Romain.

Sorch negó con la cabeza.

–Sí –repitió él tomando su cara entre sus manos–. Lo eres.

Romain se llevó la mano al bolsillo de la chaqueta y sacó una pequeña caja alargada.

–Esto hará juego con tu vestido –dijo ofreciéndosela.

Sorcha, que no estaba muy acostumbrada a que los hombres le hicieran regalos, la agarró insegura, como si no supiera muy bien qué hacer. Tomando aire, la abrió lentamente y el brillo de un rubí iluminó sus ojos.

Antes de que pudiera decir algo, Romain lo extrajo de la caja y pasó la delgada cadena de plata alrededor del cuello de ella. Le quedaba perfecto, como si lo hubieran hecho pensando en ella.

–Romain, no puedo aceptarlo. Debe haberte costado una fortuna.

–Eso no importa –dijo él en tono arrogante–. Llévalo puesto esta noche, por favor. Hazlo por mí.

Romain la tomó de la mano y salieron de la habitación.

Dentro del ascensor, Romain pensó que nunca la había visto tan bella. El delicado vestido de seda negra, con la espalda al aire y un elegante escote, parecía tan suave como su piel pálida. El brillo del rubí y el rojo escarlata de sus zapatos de tacón añadían el toque de color perfecto.

Cuando llegaron al hotel, junto a la Plaza de la Concordia, donde se celebraría la fiesta, Romain, tomándola con fuerza de la mano, la ayudó a bajar de la limusina.

Miles de periodistas y fotógrafos se amontaban detrás de unas vallas a ambos lados del pasillo de entrada al hotel.

–¡Romain! ¡Romain!

Las cámaras dispararon miles de flases de luz que cegaron a Sorcha e hicieron que, durante unos instantes, recordara con amargura lo sucedido ocho años atrás.

Empezó a temblar y Romain, una vez dentro, la ayudó a sentarse en una silla.

–¿Estás bien?

Sorcha asintió sin mucha convicción, aunque recuperándose gracias a la delicadeza de él, a las atenciones que le estaba brindando.

–Lo siento –dijo Sorcha–. No estoy acostumbrada a este tipo de recepciones. Al menos, no desde hace mucho tiempo...

–Lo siento –dijo Romain–. Debí habérmelo imaginado. Vamos, entremos. Te traeré un poco de brandy.

Sorcha se incorporó y Romain, tomándola de la mano, la guió despacio hacia la puerta de la sala. Entonces, sintió un *déjà vu* que le atravesó como un viento huracanado. Aquello era lo que semanas antes, en Nueva York, había echado en falta poco antes de entrar en la sala donde la había conocido.

Con una sonrisa en los labios, entraron en un salón donde parecía haberse dado cita París entero. Sorcha, por primera vez en su vida tras la muerte de su padre, se sentía segura y protegida teniéndole a él a su lado.

Se mezclaron con la gente, aunque no se perdieron de vista el uno al otro en toda la noche.

La velada estaba llegando a su fin cuando Sorcha, que se encontraba hablando con Romain, vio una extraña expresión en su rostro. Parecía haber visto un fantasma.

–¿Qué te pasa?

Romain le apretó la mano con fuerza, con tanta fuerza que casi empezaba a hacerle daño sin darse cuenta.

–Romain, ¿qué te ocurre?

–Mi hermano –murmuró con la mirada perdida–. Mi hermano ha venido.

Romain soltó la mano de Sorcha y se alejó en la dirección que había llamado su atención, mientras Sorcha recordaba todo lo que le había contado acerca de su hermano.

Era una tontería, pero estaba nerviosa, estaba preocupada por él. Intentó no pensar en ello y se dirigió a la barra parea pedir una copa.

Entonces, una mano tocó su espalda y, al volverse, Sorcha vio una rubia hermosa, de ojos azules y vestida de rojo, frente a ella.

–Usted debe ser Sorcha, ¿verdad? –dijo la mujer con una sonrisa maliciosa–. Sí, tú debes ser la última conquista de Romain.

–No creo que eso sea asunto suyo –contestó Sorcha al ver que aquella mujer no se había acercado con buenas intenciones.

–Pues resulta que sí lo es –replicó la mujer mirándola de arriba abajo–. Porque, si no hubiera sido por mí, nunca habría estado esta noche aquí, contigo.

Sorcha se sintió vulnerable e insegura, pero, de lo

que no tenía dudas era que no estaba dispuesta a entablar una discusión con un antiguo amor de Romain.

Intentó alejarse de ella, pero la mujer se puso en su camino.

–Me permite pasar, ¿por favor? –dijo Sorcha educadamente.

–¿No tienes ni siquiera la más mínima curiosidad por saber quién soy?

–Ninguna.

Sorcha buscó con la mirada a Romain y lo localizó hablando con un hombre muy parecido a él, aunque un poco más bajito. Debía ser su hermano.

–El hombre con el que está Romain es su hermano, mi marido –dijo la mujer–. No es tan atractivo como Romain, ¿verdad?

Sorcha se enrojeció e intentó irse de nuevo.

–Durante muchos años fue al revés. Por eso elegí a Marc en lugar de a Romain. Por eso, y porque con Romain sólo podría haber sido condesa. Ahora, en cambio, soy la duquesa de Courcy.

Sorcha comprendió, al fin, quién era la dueña de aquel gesto amargado y provocador.

–Usted... estuvo prometida con Romain, ¿verdad?

–¿Te ha hablado de mí? –preguntó la mujer–. Qué atento de su parte. ¿Te contó lo destrozado que se quedó cuando me encontró con su hermano? ¿Te contó que estuvo borracho más de una semana? Yo hice que nunca pudiera volver a estar con ninguna otra...

–Martine, tu marido te espera –dijo Romain, apareciendo de pronto–. Ya va siendo hora de que te vayas.

Sin decir nada, guardando silencio, la mujer y el

hermano de Romain abandonaron la sala y Romain, tomando a Sorcha por la cintura, la guió hacia un lugar apartado.

–Esa mujer... –empezó Sorcha intentando encontrar las palabras–. ¿Cómo pudiste enamorarte de ella?

–Créeme, yo me hago la misma pregunta cada vez que la veo –respondió Romain.

–Toda tu vida, desde entonces, has estado detrás de las mujeres... sin que ninguna te hiciera sentirte feliz... como si, en el fondo, lo que estuvieras haciendo fuera buscarla, regresar con ella.

–No digas tonterías.

–No son tonterías –continuó Sorcha–. ¿Sabes lo que me ha dicho? Que la razón de que no puedas estar con ninguna mujer es ella, que ella te rechazara.

–No intentes psicoanalizarme –replicó Romain nervioso–. Además, estás completamente equivocada. Cuando ahora la miro, lo único que siento es rechazo hacia ella.

–¿Te das cuenta? –dijo Sorcha–. Sólo con verla, con estar junto a ella, cambias de comportamiento. Aunque sea para enfurecerte.

Romain la atrajo hacia él con el propósito de cambiar de tema y alejar aquellos pensamientos, de luchar para que la irrupción en aquel lugar de Martine no rompiera el hechizo que había conseguido crear.

Sorcha sintió el calor del cuerpo de él tan cerca como si estuviera siendo iluminada por una estrella.

«Una noche, eso es todo lo que queda. Después, él se irá. Pero, esta noche...».

En el interior de Sorcha, se libraba una cruenta batalla entre su lado racional, que deseaba reunir todas las fuerzas posibles para alejarse de allí cuanto antes, y su lado apasionado, que lo único en que podía pensar era en aprovechar todos y cada uno de los momentos que pudiera pasar con aquel hombre.

Cuando Romain le pasó la mano por la espalda y acarició su piel con las yemas de sus dedos, Sorcha supo qué bando había ganado.

–Vámonos de aquí.

Capítulo 17

Dos semanas después

–Es un placer para mí inaugurar este centro de ayuda a la juventud.

Sorcha se inclinó sobre la banda azul que rodeaba la puerta de entrada y la cortó.

Todo estaba lleno de cámaras de televisión y fotógrafos grabando cada detalle de lo que estaba ocurriendo, de curiosos aplaudiendo, de familias alegres. Sorcha se sentía orgullosa de sí misma por haber levantado aquel proyecto sin ayuda de nadie, ni siquiera de su hermano.

–¡Enhorabuena, Sorcha! Lo que has hecho es maravilloso. Ha venido hasta el primer ministro.

La gente empezó a entrar en el edificio, donde elegantes camareros les ofrecían copas de champán con una luminosa sonrisa. Sorcha estrechaba la mano a todos los que iban entrando con una sonrisa. Todo estaba saliendo a la perfección.

Y, sin embargo, ¿por qué se sentía tan sola? Aquella mañana, había recibido una llamada de su hermano excusándose por no poder asistir al evento. Incluso Katie había tenido que cancelar el viaje desde Nueva York a última hora por un compromiso que, según Maud, era cuestión de vida o muerte. Como siempre.

En ese momento, algo al otro lado de la calle llamó su atención. Sus pulmones dejaron de bombear oxígeno. ¿Era posible? ¿Estaba teniendo alucinaciones?

Sí era posible. Era él, no había duda. Allí estaba, cruzando la calle, vestido con un traje oscuro, una camisa azul y gafas de sol. ¿Por qué, de todas las personas que hubiera deseado tener a su lado, tenía que ser él?

Cuando Romain estuvo junto a ella, la observó detenidamente, como si no la hubiese visto en muchos años.

–Muy formal... sobre todo para una mujer que huye a medianoche sin dejar siquiera una nota.

¿Qué podía contestar? El vestido, ciertamente, era muy sobrio, con aquella falda gris oscuro, aquella blusa abotonada hasta el cuello. Pero era necesario, con toda la prensa alrededor pendiente de cada pequeño detalle.

–No era medianoche, estaba ya amaneciendo –respondió Sorcha–. Sobre lo de la nota... Bueno, pensé que hacerlo de ese modo sería lo menos doloroso para los dos.

–¿De verdad? –replicó Romain quitándose las gafas de sol–. Qué considerada.

Sorcha lo miró a los ojos y no pudo encontrar el menor rasgo de ternura o comprensión. Pero, a pesar de todo, se sentía contenta por tenerlo a su lado.

–Ahora no es momento de discutirlo –añadió Romain–. Supongo que tendrás que dar algún discurso, ¿no?

¡El discurso! Se había olvidado de él y de todos por completo.

Romain extendió la mano invitándola a pasar primero dentro del edificio. Todos estaban allí, ansiosos por escucharla. Los nervios que la habían acompañado durante toda la mañana parecían haber desaparecido en el momento en que Romain había aparecido. No sabía qué hacía allí, pero no quería darle vueltas en aquel momento. Lo único que necesitaba era la fuerza de él para afrontar aquel momento.

Sorcha subió a la tarima y empezó a hablar, mirando continuamente a Romain que, desde el fondo de la sala, asentía con la cabeza para decirle, secretamente, que no se preocupara de nada, que lo estaba haciendo muy bien.

Su discurso fue apasionado. Contó a los presentes lo perdida que ella se había sentido de joven, la determinación que la había acompañado, desde entonces, por construir aquel lugar.

Cuando terminó de hablar, la audiencia rompió en aplausos y numerosos periodistas se acercaron a ella para fotografiarla y entrevistarla.

En ningún momento perdió de visto a Romain, que parecía desenvolverse sin problemas, hablando con todo el mundo.

Sorcha no sabía a qué había venido, pero si lo que pretendía era acostarse con ella, tenía muy claro lo que iba a contestarle.

–Bueno, ¿qué estás haciendo aquí?

Habían salido del centro y caminaban juntos en la oscuridad que se había cernido sobre la ciudad.

–Te llevaré a casa –dijo él sin responder a la pregunta.

–No sabes dónde vivo.

–Querida, a estas alturas, ya deberías haberte dado cuenta de que yo lo sé todo.

Seguía siendo tan arrogante y presuntuoso como siempre, pero Sorcha se dejó guiar hasta el coche de él.

Romain condujo por las calles de Dublín como si llevara toda la vida viviendo allí. Y, para su asombro, era cierto. Sabía perfectamente dónde vivía.

Al llegar, Sorcha se bajó del coche y Romain la siguió hasta la puerta.

–Mira, si sólo has venido a...

–He venido porque quiero hablar contigo.

Sorcha le guió hasta la última planta dándose cuenta de que nunca, en toda su vida, había dejado que un hombre entrara en su casa. Cuando entraron, se apresuró a arreglarlo todo, abrir algunas puertas, cerrar otras y encender las luces.

Iba a preguntarle qué quería beber cuando vio que tenía en la mano dos botellas pequeñas de cerveza.

–¿Cómo has...?

–Llevaba una en cada bolsillo –respondió Romain anticipándose a la pregunta–. Sé que no te gusta el champán, y pensé que te gustaría celebrarlo.

Sin poder evitarlo, sin saber exactamente por qué, Sorcha se echó a llorar.

Romain la miró y, resistiendo la tentación de borrarle las lágrimas besándola, la abrazó con fuerza y dejó que se desahogara.

Enseguida, Sorcha se incorporó de nuevo sintiéndose una tonta por haberse dejado llevar de aquella manera.

–Lo siento –dijo–. No sé qué me ha pasado.

–No te preocupes –dijo Romain–. Sólo era soledad. Lo sé, yo también me he sentido así muchas veces.

–¿Tú? –preguntó Sorcha sorprendida secándose las lágrimas.

Romain asintió y le acarició las mejillas húmedas para que se tranquilizara.

–Estoy muy orgulloso de ti por lo que has hecho hoy.

–¿De verdad?

Sorcha empezaba a estar completamente confusa. ¿Por qué estaba allí? ¿Qué quería?

Romain asintió de nuevo y, quitándose la chaqueta, se sentó de nuevo a su lado dejando que ella se acomodara tranquilamente en el sofá.

–¿Por qué te fuiste de ese modo? –preguntó Romain.

Sorcha se levantó del sofá, como si no pudiera estarse quieta, y se dirigió a la ventana.

–Pensé que tú lo preferirías de ese modo.

Sorcha recordó el doloroso trayecto desde el hotel hasta el aeropuerto de París, leyendo, en una revista que alguien había dejado olvidada, un reportaje sobre Romain y sus numerosos romances. La fotografía de portada les mostraba a ellos dos, abrazados, en Inis Mór. ¿Cómo la habían conseguido? El resto, era una interminable sucesión de fotografías de Romain con mujeres de todo tipo, incluyendo a aquella modelo francesa, Solange Colbert.

–¿Qué te hizo pensar eso? –preguntó Romain acomodándose en el sofá.

–¡Oh! Pues, no sé... –respondió ella en tono irónico, asustada por la facilidad que él parecía tener para entrar y salir de su vida–. Tal vez tenga algo que ver con tu reputación de donjuán –añadió Sorcha–. ¿A qué has venido? ¿Qué quieres?

–Te quiero a ti –respondió Romain sin la menor vacilación–. Al principio pensé en todos los hombres con los habrías estado, que tu forma de comportarte conmigo no era muy diferente a la que habrías tenido con ellos. Pero ahora, que sé por ti que he sido tu primer amor, creo que deberíamos hablar, no podemos escapar de esto tan fácilmente.

–Efectivamente, tú has sido mi primer amor –contestó Sorcha intentando no ceder antes sus bellas palabras con la facilidad de costumbre–. ¿Quién te dice que yo quiera que seas el último? Si es una ruptura elegante la que has venido a buscar, aquí la tienes. Sabía que esto tenía que terminar antes o después.

Como poseída por una presencia ajena a ella que estuviera decidida a defenderla de él a cualquier precio, Sorcha continuó hablando sin concederse el menor respiro.

–¿Es todo esto culpa de lo que te pasó? ¿Por esa mujer que tanto daño te hizo cuando eras joven? ¿Quieres asegurarte de que a mí no me pasa lo mismo? Pues no te preocupes, estoy bien, podré superarlo. De modo que, si lo que querías era tranquilizar tu conciencia, ya has encontrado lo que querías.

Romain terminó de escucharla con el corazón en un puño, como si alguien le hubiera golpeado la cara con toda su furia.

–Está bien –dijo al fin, cuando pudo recobrarse–. Ya veo que estás bien y que no soy bienvenido.

Romain se levantó, tomó su chaqueta, se la puso y se dirigió a la puerta.

Antes de abrirla, se volvió hacia ella y le sonrió.

–¿Sabes? Lo más curioso de todo esto es que he vuelto a cometer el mismo error. Durante años, no quise permitirme a mí mismo sentir nada por nadie. Y lo estaba haciendo muy bien hasta que te vi en aquella cena, en Nueva York. En sólo unos minutos, conseguiste hacerme sentir más cosas de las que había sentido en toda mi vida. No podría explicarte con palabras el dolor que sentí hace dos semanas cuando, al despertar, vi que te habías ido. Lo único que me dio fuerzas para venir hoy hasta aquí fue la esperanza de que tú sintieras lo mismo que yo. Creía haberlo visto en tus ojos, pero ahora veo que estaba equivocado.

Romain abrió la puerta. Sorcha no podía moverse. Estaba como en estado de shock.

Romain salió al pasillo y, antes de cerrar la puerta, se volvió de nuevo.

–Mi corazón es tuyo, Sorcha. Pero parece que mi destino en el amor es siempre éste. Tal vez, sea mi castigo por haberte juzgado de una forma tan cruel en el pasado, por haberte hecho sufrir. El otro día, cuando vi a Martina contigo, me di cuenta de que ella nunca había conseguido romperme el corazón. Sólo el orgullo. Esto sí lo ha conseguido. Ahora sé que mi forma de vivir, hasta el día de hoy, era la correcta. No quiero volver a sentir esta tristeza, esta devastación. *Adieu*, Sorcha. Espero, de todo corazón, que seas feliz.

Romain cerró la puerta.

Sorcha estaba petrificada. Incapaz de reaccionar.

Escuchó el sonido de la puerta principal. La puerta de un coche cerrarse. Un motor arrancando.

Y entonces, como si una corriente eléctrica la hubiera encendido, sin pensarlo dos veces, echó a correr escaleras abajo, saltando los escalones de dos en dos, hasta llegar a la calle.

Estaba diluviando. Pero no se dio cuenta. Sólo veía el coche de Romain alejándose.

–¡No! –gritó con todas sus fuerzas–. ¡Romain!

Sorcha echó a correr, bajo la lluvia, detrás del coche.

–¡Espera! ¡Vuelve!

El coche seguía alejándose a pesar de sus esfuerzos.

Sorcha corría todo lo que podía, pero era inútil. Era demasiado tarde.

Estaba pensando ya dónde podría encontrarle, cómo podría ponerse en contacto con él cuando, de pronto, el coche se detuvo.

Ajena a sus ropas mojadas y a cuanto la rodeaba, corrió a toda prisa hasta llegar a su lado.

Tenía el rostro lleno de lágrimas, que se disolvían entre la lluvia, confundiéndolas.

Con el rostro congestionado, abrió la puerta del coche.

–¡Tú! ¡Idiota! ¡Claro que te quiero! Te quiero tanto que hace semanas que no puedo comer, ni dormir, ni pensar en nada. Si hace dos semanas me fui de aquel modo fue porque creí que sólo había sido una aventura más para ti. No hiciste nada que me ayudara a tener alguna esperanza. Me habías dicho que sólo me querías para satisfacer tus deseos...

Romain bajó del coche y la abrazó tan fuerte que casi no era capaz de respirar. La levantó del suelo y, con el rostro de ella a su altura, la besó como si fuera la primera vez.

La lluvia seguía cayendo sobre ellos, pero no parecían advertirlo. Sólo eran capaces de verse a sí mismos, ver aquel amor, aquella pasión.

–Por favor, Sorcha... –murmuró él–. No vuelvas a hacerme esto.

–Y tú no vuelvas a alejarte de mí –respondió ella.

–Trato hecho –dijo Romain sonriendo.

Romain la dejó en el suelo, y, sin reparar en la lluvia, se arrodilló. Sorcha creyó que su corazón iba a estallar.

–Sólo he podido conseguir este anillo. Sé que no es gran cosa, pero no estaba seguro de lo que iba a ocurrir.

Sorcha sonrió emocionada y él tomó su mano.

–¿Quieres hacerme el hombre más feliz del mundo y casarte conmigo?

Sorcha asintió sin pensarlo dos veces. Él le puso un anillo de plata en el dedo y ella pensó que nunca había visto algo tan bonito en toda su vida.

–Lo has puesto mal –dijo Sorcha sonriendo.

–¿Qué?

–Pues que... si estamos casados... debería estar en mi dedo corazón. Pero, no importa, amor.

Romain extrajo el anillo y se lo volvió a poner, esta vez en el dedo correcto.

–Desde este momento, y hasta que podamos hacerlo oficial, estamos casados –dijo él–. Mi corazón siempre será tuyo.

–Igual que el mío.

Romain se incorporó, la abrazó y la besó apasionadamente.

En ese momento, el sonido de un claxon les devolvió a la vida real. Un taxi aguardaba impaciente detrás del coche de Romain.

–¿Podrían ustedes subir al coche e irse por ahí a alguna habitación?

Horas después, la luz de la luna logró abrirse paso entre las oscuras nubes que habían cubierto el cielo durante todo el día y el dormitorio de Sorcha se llenó de un color lechoso.

–¿Sabes...? –dijo Romain acariciando las piernas de Sorcha.

–Mmm... –murmuró Sorcha, demasiado cansada como para articular una frase entera.

–Antes, en la calle, cuando detuve mi coche, no fue porque te hubiera visto detrás. Lo hice porque decidí regresar y hacerte reconocer que me amabas. Recordaba lo que me habías dicho, que no querías que yo fuera tu último amante. Quería venir aquí, hacerte el amor, una y otra vez, hasta que te dieras cuenta, hasta que me suplicaras. Pero, en ese momento, apareciste junto al coche, igual que un ángel, y...

–¿Quieres decir que me calé hasta los huesos y eché a perder mi vestido para nada? –preguntó Sorcha riéndose.

–Bueno, pero fue divertido, ¿no?

–Sí, muy divertido –dijo Sorcha rodeando su cuello con las manos, como si quisiera estrangularlo.

Se besaron apasionadamente.

–Quiero montones de hijos –dijo Romain–. Y que todos tengan tus maravillosos ojos azules.

–Creo que el azul es un gen recesivo –replicó Sorcha guiñándole el ojo–. El dominante es el gris.

–No en nuestros hijos. Ya verás.

–No, ellos no osarán llevarte la contraria –sugirió ella sonriendo.

Romain puso su cuerpo sobre el de ella y sintió sus pechos, sus piernas y su piel suave, rozar con la suya, despertando de nuevo la interminable pasión que sentía por ella.

Con el pelo enmarañado y descansando sobre la almohada, los ojos brillando en la oscuridad como los de un gato y las mejillas encendidas, Sorcha le acarició suavemente la espalda y lo miró fijamente.

–Romain... No me interesa ser condesa, ni duquesa, ni tus mansiones... Sólo te quiero a ti.

Romain la miró y comprendió que, al fin, había encontrado a la persona que había buscado durante toda su vida.

–Lo sé, amor...

–Bien, una vez que tenemos esto claro, date prisa y hazme el amor –dijo Sorcha sonriente–. No seré joven eternamente, así que, si quieres muchos hijos...

–Será un placer.

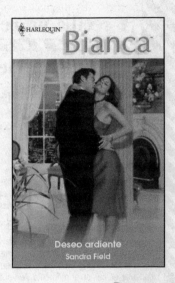

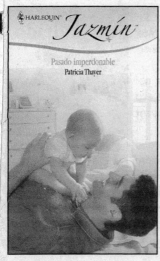

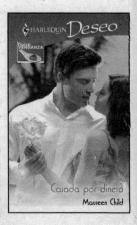